名人笔下的瘦西湖

主 编：洪 军

南方出版社

·海口·

图书在版编目（CIP）数据

名人笔下的瘦西湖 / 洪军主编 . — 海口 ：南方出
版社 ， 2018.6

ISBN 978-7-5501-4350-0

Ⅰ ． ①名… Ⅱ ． ①洪… Ⅲ ． ①散文集－中国－现代②
散文集－中国－当代 Ⅳ ． ① I266

中国版本图书馆 CIP 数据核字（2018）第 034589 号

名人笔下的瘦西湖

主　　编：洪　军

策　　划：王根宝　胡克明

责　　编：李　雯

出版发行：南方出版社

邮政编码：570208

社　　址：海南省海口市和平大道 70 号

电　　话：0898-66160822　　传真：0898-66160830

印　　刷：三河市同力彩印有限公司

开　　本：787mm×1092mm　1/16

印　　张：6.25

总 字 数：100 千字

版　　次：2018 年 6 月第 1 版　　2024 年 8 月第 2 次印刷

印　　数：1－3000 册

定　　价：30.00 元

目录

红桥游记

王士禛

　　出镇淮门，循小秦淮折而北，陂岸起伏多态，竹木蓊郁，清流映带。人家多因水为园亭树石，溪塘幽窈而明瑟，颇尽四时之美。拿小艇，循河西北行，林木尽处，有桥宛然，如垂虹下饮于涧；又如丽人靓妆袨服，流照明镜中，所谓红桥也。

　　游人登平山堂，率至法海寺，舍舟而陆径，必出红桥下。桥四面触皆人家荷塘。六七月间，菡萏作花，香闻数里，青帘白舫，络绎如织，良谓胜游矣。予数往来北郭，必过红桥，顾而乐之。

　　登桥四望，忽复徘徊感叹。当哀乐之交乘于中，往往不能自喻其故。王谢冶城之语，景晏牛山之悲，今之视昔，亦有怨耶！壬寅季夏之望，与箨庵、茶村、伯玑诸子，倚歌而和之。箨庵继成一章，予以属和。

嗟乎！丝竹陶写，何必中年；山水清音，自成佳话，予与诸子聚散不恒，良会未易遘，而红桥之名，或反因诸子而得传于后世，增怀古凭吊者之徘徊感叹如予今日，未可知者。

王士禛，字子真、贻上，号阮亭，自号渔洋山人，人称王渔洋，谥文简。新城（今山东桓台县）人，常自称济南人，清初杰出诗人、学者、文学家。

红桥修禊序

孔尚任

康熙戊辰春，扬州多雪雨，游人罕出。至三月三日，天始明媚，士女被禊者，咸泛舟红桥，桥下之水若不胜载焉。予时赴诸君之招，往来逐队。看两陌之芳草桃柳，新鲜弄色，禽鱼蜂蝶，亦有畅遂自得之意。乃知天气之晴雨，百物之舒郁系焉。盖自秋徂冬，寒霜凛栗。物之欲自全者，藏伏唯恐不深，其濒死而不死也，欲留余生以受春光。两月雪雨，又失去春光之半。幸逢一日之晴，亦安有不畅遂自得之物哉。虽然，晴雨者天之象也，舒郁者物之迹也，宜雨而不雨谓之亢晴，宜晴而不晴谓之淫雨，则物之舒者亦郁矣。不宜晴而即雨，不宜雨而即晴，曰膏雨，曰时晴，则物之郁者亦舒矣。况尧汤之世，不乏水暵，而当其时者，止见为光天化日，则百物舒郁之情，又出于天气晴雨之外。予今者大会群贤，追踪遗事，其吟诗见志也，亦莫不有畅遂自得之意，盖欣赏夫时和者犹浅，而兴感于盛世者则深，

因序述诸篇，为之流传，卑读者知吾党舞蹈所生，有非寻常迹象之可拘耳。

孔尚任（1648—1718），字聘之，又字季重，号东塘（《随园诗话》所载为东堂），别号岸堂，自称云亭山人。山东曲阜人，孔子六十四代孙，清初诗人、戏曲作家，继承了儒家的思想传统与学术，自幼即留意礼、乐、兵、农等学问，还考证过乐律，为以后的戏曲创作打下了音乐知识基础。世人将他与《长生殿》作者洪升并论，称"南洪北孔"。

维扬记游

沈复

　　癸卯春，余从思斋先生就维扬之聘，始见金、焦面目。金山宜远观，焦山宜近视，惜余往来其间未尝登眺。渡江而北，渔洋所谓"绿杨城郭是扬州"一语已活现矣。

　　平山堂离城约三四里，行其途有八九里，虽全是人工，而奇思幻想，点缀天然，即阆苑瑶池、琼楼玉宇，谅不过此。其妙处在十余家之园亭合而为一，联络至山，气势俱贯。其最难位置处，出城入景，有一里许紧沿城郭。夫城缀于旷远重山间，方可入画，园林有此，蠢笨绝伦。而观其或亭或台、或墙或石、或竹或树，半隐半露间，使游人不觉其触目，此非胸有丘壑者断难下手。

　　城尽，以虹园为首折面向北，有石梁曰"虹桥"，不知园以桥名乎？桥以园名乎？荡舟过，曰"长堤春柳"，此景不缀城脚而缀于此，更见布置之妙。再折而西，垒土立庙，曰"小金山"，有此一挡便觉气势紧凑，亦非俗笔。闻此地本沙土，屡筑不成，用木排若干，层叠加土，费数万金乃成，若非商家，乌能如是。过此有胜概楼，年年观竞渡于此。河面较宽，南北跨一莲花桥，桥门通八面，桥面设五亭，扬人呼为"四盘一暖锅"，此思穷力竭之为，不甚可取。桥南有莲心寺，寺中突起喇嘛白塔，金顶缨络，高矗云霄，殿角红墙松柏掩映，钟磬时闻，此天下园亭所未有者。过桥见三层高阁，画栋飞檐，五采绚烂，叠以太湖石，围以白石栏，名目"五云多处"，如作文中间之大结构也。过此名"蜀冈朝阳"，平坦无奇，且属附会。将及山，河面渐束，堆土植竹树，作四五曲。似已山穷水尽，而忽豁然开朗，平山之万松林已列于前矣。

"平山堂"为欧阳文忠公所书。所谓淮东第五泉，真者在假山石洞中，不过一井耳，味与天泉同；其荷亭中之六孔铁井栏者，乃系假设，水不堪饮。

九峰园另在南门幽静处，别饶天趣，余以为诸园之冠。康山未到，不识如何。此皆言其大概，其工巧处、精美处，不能尽述，大约宜以艳妆美人目之，不可作浣纱溪上观也。

余适恭逢南巡盛典，各工告竣，敬演接驾点缀，因得畅其大观，亦人生难遇者也。

沈复（1763—1832），字三白，号梅逸，长洲（今江苏苏州），清代杰出的文学家。

已亥六月重过扬州记

龚自珍

居礼曹，客有过者曰："卿知今日之扬州乎？读鲍照《芜城赋》则遇之矣。"余悲其言。

明年，乞假南游，抵扬州，属有告籴谋，舍舟而馆。

既宿，循馆之东墙步游，得小桥，俯溪，溪声欢。过桥，遇女墙啮可登者，登之，扬州三十里，首尾屈折高下见。晓雨沐屋，瓦鳞鳞然，无零甃断甓，心已疑礼曹过客言不实矣。

入市，求熟肉，市声欢。得肉，馆人以酒一瓶、虾一筐馈。醉而歌，歌宋元长短言乐府，俯窗呜呜，惊对岸女夜起，乃止。

客有请吊蜀冈者，舟甚捷，帘幕皆文绣，疑舟窗蠡壳也，审视，玻璃五色具。舟人时时指两岸曰，"某园故址也"，"某家酒肆故址也"，约八九处。其实独倚虹园圮无存。曩所信宿之西园，门在，题榜在，尚可识，其可登临者尚八九处，阜有桂，水有芙渠菱芡，是居扬州城外西北隅，最高秀。南览江，北览淮，江淮数十州县治，无如此冶华也。忆京师言，知有极不然者。

归馆，郡之士皆知余至，则大欢，有以经义请质难者，有发史事见问者，有就询京师近事者，有呈所业若文、若诗、若笔、若长短言、若杂著、若丛书乞为序、为题辞者，有状其先世事行乞为铭者，有求书册子、书扇者，填委塞户牖，居然嘉庆中故态。谁得曰

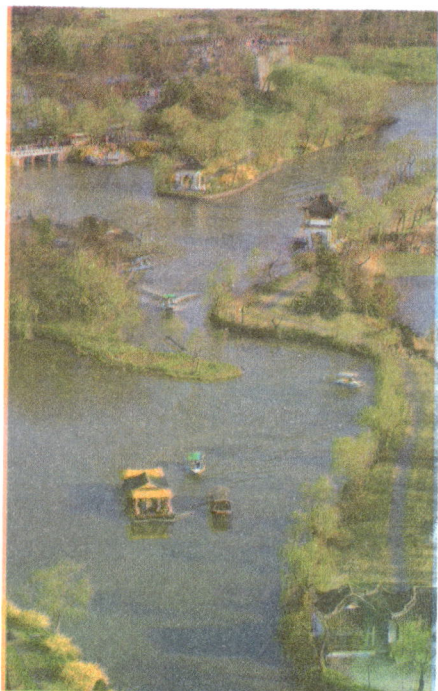

今非承平时耶？惟窗外船过，夜无笙琶声，即有之，声不能彻旦。然而女子有以栀子华发为贽求书者，爰以书画环瑱互通问，凡三人，凄馨哀艳之气，缭绕于桥亭舰舫间，虽澹定，是夕魂摇摇不自持。余既信信，拿流风，捕余韵，乌睹所谓风嗥雨啸、鼯狖悲、鬼神泣者？嘉庆末，尝于此和友人宋翔凤侧艳诗，闻宋君病，存亡弗可知。又问其所谓赋诗者，不可见，引为恨。

卧而思之，余齿垂五十矣，今昔之慨，自然之运，古之美人名士富贵寿考者几人哉？此岂关扬州之盛衰，而独置感慨于江介也哉？抑予赋侧艳则老矣，甄综人物，搜辑文献，仍以自任，固未老也。天地有四时，莫病于酷暑，而莫善于初秋；澄汰其繁缛淫蒸，而与之为萧疏澹荡，泠然瑟然，而不遽使人有苍莽寥泬之悲者，初秋也。今扬州，其初秋也欤？予之身世，虽乞籴，自信不遽死，其尚犹丁初秋也欤？作《己亥六月重过扬州记》。

龚自珍（1792—1841），字璱人，号定庵。汉族，仁和（今浙江杭州）人。晚年居住昆山羽琌山馆，又号羽琌山民。清代思想家、诗人、文学家和改良主义的先驱者。

己亥六月（道光十九年）重过扬州记

（白话文）

　　我在京任礼部主客司主事，有客来访对我说："你可知道今天的扬州么？读了鲍照的《芜城赋》，就可想见今天的情况了"。我听了很感悲哀。

　　第二年，我请假到南方游玩，路过扬州，适巧有人请求资助，便上岸在旅馆中住下了。

　　一觉之后，沿着旅馆的东墙漫步，遇到一座小桥，俯视桥下的小溪，水声喧哗。过了桥，见到城墙垛上有缺口可登，就登了上去，扬州方圆三十里的首尾、屈折、高下的形势，都呈现在眼前。早上雨冲洗过的屋顶，屋瓦像鳞片一样整齐，没有残缺破败的。我已怀疑那位到礼部拜访的客人的话不真实。

　　进入市区，求购熟肉，街市上很喧闹。买得熟肉，旅馆的主人又以酒一瓶、虾一筐相赠。我有点醉意便趴在窗前歌唱起来，唱一些宋元以来的长短句，惊动对岸已睡的妇女起身探望，我就停止了歌吟。

　　有朋友请游蜀冈，船撑得很快，船上的帘幕都绣着花纹，初疑舟窗是用各种色彩的贝壳组成的，仔细一看，原来是五颜六色玻璃。撑船的人不时指着两岸的地方说，"这是某园的故址"，"这是某家酒店的故址"，大约有八九处。其中只有倚虹园坍塌无存。从前我曾寄宿的西园，门还在，门额上题的大字也在，尚可以辨识。园中可以登临的还有八九处。土山上有桂树，池塘里有荷花、菱角、芡实，此处位于扬州城外的西北角，地势为最高，景色最为秀美。南望长江，北望淮河，江淮间的数十处州县的治所，没有像扬州这样繁华的。回忆在京城听到的话，方知极靠不住。

回到旅馆，扬城的文士知道我来了，都很欢欣，有以经义来辩

论的，有以历史事件来相问的，有来问京师的近况的，有送上所作的文、诗、词、杂著、丛书求作序、题词的，有为其先世求作墓铭的，有求题册页或扇面的，人和礼物多得把住屋都塞满了，居然和嘉庆时的情况差不多。谁能说今天不是承平之时呢？惟有窗外船过，夜不闻笙箫琵琶之声，即使偶尔有之，乐声也不能通宵达旦。也有女子以栀子花编的饰物为礼来求书法的，于是以书画和饰物互通音问，计有三个人，她们的凄馨哀艳之气，缭绕于桥亭船舫之间，我

虽然镇定，但这一夜还是心魂摇摇几乎把握不住自己。我在扬州过了四宿，尚可捕捉到过去扬州极盛时期的风尚，哪里看到像《芜城赋》所写的那种鬼神泣、野兽嚎的荒凉景象呢？

嘉庆末年，我曾于此和友人宋翔凤作艳诗，今闻宋君病了，存亡尚不可知，又问当年一起赋诗的人，已不可寻，实在引以为憾。躺在床上想想，我的年龄快五十了，感慨今昔，按照自然的规律，古之美人名士能够富贵寿老的，能有几人呢？这问题无关于扬州的盛衰，为何独感慨于扬州呢！要我赋艳情之诗已经老了，但记录著名人物的事迹，收集文献资料还是能担任的，实在还不算老。

天地有四时的变化，最不舒服的是酷暑，最舒服的是初秋。澄清了长夏的湿热，送来了萧爽清凉。而又不使人有空阔旷荡的悲感的，就是初秋。今天的扬州，正像初秋的季节吧？我的身世，即使靠乞讨维持，自信还不至于饿死，犹如也正当我生命的初秋一样吧！作《己亥六月重过扬州记》。

译文：朱福烓

绿杨城郭新扬州

周瘦鹃

扬州的园林与我们苏州的园林，似乎宜兄宜弟，有同气连枝之雅；在风格上，在布局上，可说是各擅胜场，各有千秋的。个园是扬州一座历史悠久的旧园子，闻名已久；我平日爱好园林，因此扬州，即忙请文化处长张青萍同志带同前去观光。园址是在城内东关街，通过一条小巷，进了侧门，就看到一带重重叠叠的假山，沿着一片水塘矗立在那里。张同志对于这些假山有一种特别的看法，给它们分作春、夏、秋、冬四个部分。他指着前面入口处的两旁竹林和一根根的石笋，说这是春的部分，而把竹林的"竹"字劈分为二，成为"个个"，个园的名称，大概就是由此而来的。他又指着左面的一带太湖石假山，说这些山石带着热味，就作为夏的部分。而连接在一起的黄石假山，石色很像秋季的黄叶，可以作为秋的部分，瞧上去不是分明带着肃杀之气吗？最后他带着我到右面尽头处去，指着一大堆宣石的假山，皑皑一白，活象是雪满山中的模样。我识趣地含笑说道："这不用说，当然是冬的部分了。"张同志点头称是，又指着壁上两个圆形的漏窗，正透露着春的部分的几株竹子，他得意地说："您瞧您瞧！春天快到，这里不是已漏泄了春光吗？"我笑道："您这一番唯心论，发人所未发，倒也挺有意思。"

张同志伴同我在那些假山中间穿行了一周。他要我提些意见。

我觉得有好多处曾经新修，不能尽如人意，不是对称而显得呆板，就是多余而有画蛇添足之嫌；倒是随意放在水边的那些石块，却很自然而饶有画意。那一带黄石假山，是北派的堆法，不易着手，这里有层次，有曲折，自有它的特点；可惜正面的许多石块，未免小了些，而接笋处的水泥过于突出，很为触目，使人有百衲衣的琐碎的感觉。最使我看得满意的，却是那一大堆宣石的假山，堆得十分浑成，真如天衣无缝，不见了针线迹；并且石色一自如雪，像昆山石一般可爱。总之，现在我们国内堆叠假山的好手几等于零，非赶快培养新生力量不可；设计构图，必须请善画山水的画师来干。假山最好的范本，要算是苏州环秀山庄的那一座，出清代嘉道年间名家戈裕良手，好在是他懂得"假山真做"的诀窍，拙朴浑厚，简直是做得像真山一样。

为了要瞻仰市容，出了个园，就一路蹓跶着。全市已有了两条柏油大路，十分平坦，拆城以后，就在城墙的基地上造了路，以利交通。在历年绿化运动中，又平添了不少大大小小的街头花园，利用了街头巷角的空地，栽种各种花木，有的还用湖石点缀，据说全是居民群众搞起来的。萃园招待所的附近，有较大的一片园地，标明五一花圃，布置得很为整齐，常有学生在上课下课的前后，到这里来灌溉打扫，原来这是学生们自己所搞的园地，经常可作劳动锻炼的场合。扬州旧有"绿杨城郭"之称，就足以说明它本来是个绿化的城市，现在全市有了这许多街头花园，更觉绿化得分外的美丽了。

瘦西湖是扬州的名胜，也是扬州的骄傲，大概是为的比杭州的西湖小了一些，因称瘦西湖。

扬州的芍药久已名闻天下，古人诗词中咏芍药必及扬州，如宋代王十朋句"千叶扬州种，春深霸众芳"，元代杨允孚句"扬州帘卷春风里，曾惜名花第一娇"等，足见扬州芍药的出类拔萃，不同凡卉了。在这瘦西湖公园里，有一个小小的芍药花坛，种着一二十丛芍药，这时尚未凋谢，以紫红带黑的一种为最美。据说扬州芍药，旧有三十多种，现存十多种，最名贵的"金带围"尚在人间，目前全扬州花农们所培养的共有一千多丛，已由园林管理处全部收买下来，蔚为大观。

走过一顶小桥，又是一片名为凫庄的园地，占地不大，而布置楚楚可观，周游了一下，就通过一条小径，踏上五亭桥去。这一座集体式的桥，可说是我国桥梁中的杰作；近年来曾经加以修饰，好

像五姊妹并肩玉立，都换上了新装，虽富丽而并不庸俗。莲性寺的白塔近在咫尺，倒像是一尊弥勒佛蹲在那里，对人作憨笑；跟五亭桥相映成趣。附近还有一座钓鱼台，矗立在水中，也给增加了美观。这一带是瘦西湖的精华所在；我们在桥上左顾右盼，流连不忍去。

在莲性寺吃了一顿丰富的素斋，休息了一会，就坐了游船，向平山堂进发，在碧琉璃似的湖面上划去，听风听水，其乐陶陶。到了平山堂前，舍舟上岸，进了大门，见两面入口处的顶上，各有横额，一面是"文章奥区"，一面是"仙人馆"，原来这里是宋代大文学家欧阳修的读书处。那所挺大的堂屋中，也有一个"坐花戴月"的横额，两旁有几副楹联，都斐然可诵，其一云："衔远山，吞长江，其西南诸峰，林壑尤美；送夕阳，迎素月，当春夏之交，草木际天。"其二云："云中辨江树，花里弄春禽。"其三云："晓起凭阑，六代青山都到眼；晚来对酒，二分明月正当头。"这三副联各有韵味，耐人咀嚼。壁间有好几块书条石，都刻着前人的诗词，其一是刻的苏东坡吊欧阳修词："三过平山堂下，半生弹指声中，十年不见老仙翁，壁上龙蛇飞动。欲吊文章太守，仍歌杨柳春风，莫言万事转头空，未转头时皆梦。"末二句，显示出他当时的人生观是消极的。后面另有一堂，名谷林堂，我独爱门口的一联："天地长春，芍药有情留过客；江山如旧，荷花无恙认吾家。"原来作者姓周，下联恰合我的口味，不由得想起爱莲的老祖宗濂溪先生来了。

庭中有一座石涛和尚塔，顿时引起了我的注意，凑近去看时，见正面的石条上，刻着几行字："石涛和尚画，为清初大家，墓在平山堂后，今已无考，爱立此塔，以资景仰。"石涛那种大气磅礴的画笔，是在我国艺术史中永垂不朽的，可惜他的长眠之地已不知所在，不然，我也要前去献上一枝花，凭吊一下。

出了平山堂，舍舟而车，赶往梅花岭史公祠去。我在中学里念书的时候，明代民族英雄史可法忠肝义胆，给我的影响很大，念念不忘。这时进了祠堂，瞻仰了他的遗象，肃然起敬。三十年前我第一次来扬时所看到的两副楹联："生有自来文信国，死而后已武乡侯。""数点梅花亡国泪，二分明月故臣心。"还有那"气壮山河"的四字横额，都仍好好地挂在那里，这是我一向背诵得出的。此外还有两副银杏木的楹联："自学古贤修静节，唯应野鹤识高情。""斗酒纵观廿一史，炉香静对十三经。"笔力遒劲，都是史公的真迹，而也可以看到他的胸襟。他那封大义凛然的家书的石刻，也依然嵌在壁间，完好如旧。

第三天的下午，到城南运河旁的宝塔湾去参观。那边有一座整修好了的文峰塔，也是扬州古迹之一。塔共七级八面，平面作八角形，用砖石混合建筑而成。它最初起建在明代万历十年，即公元一五八二年，同时又在塔旁建寺，就叫做文峰寺。清代康熙年间，因地震震落了塔尖，次年由一个姓闵的捐款修葺，安上一个新的，并增高了一丈五尺，修了半年才完工。到得咸丰年间，寺毁，塔也只剩了砖心，后由当地各丛林僧人集合大江南北住持募捐修复。近几年间塔身有了裂缝，岌岌欲危，市人委为了保存古文物起见，才把它彻底修好了。当下我们直上塔顶，一开眼界，而这一座美好的绿杨城郭新扬州，也尽收眼底了。

周瘦鹃 (1895—1968)，原名周国贤，江苏苏州人。现代作家、翻译家。曾主编《礼拜六》周刊、《申报》副刊、《乐观月刊》等。著有《行云集》《苏州游踪》《花木丛中》《初识人间浩荡春》等。

扬州的夏日

朱自清

扬州从隋炀帝以来，是诗人文士所称道的地方；称道的多了，称道得久了，一般人便也随声附和起来。直到现在，你若向人提起扬州这个名字，他会点头或摇头说"好地方！好地方！"特别是没去过扬州而有念过唐诗的人，在他心里，扬州真像蜃楼海市一般美丽；他若念过《扬州画舫录》一类书，那更了不得了。但在一个久住扬州像我的人，他却没有那么多美丽的幻想，他的憎恶也许掩住了他的爱好；他也许离开了三四年并不去想它。若是想呢，你说他想什么？女人；不错，这似乎也有名，但怕不是现在的女人吧？他只会想着扬州的夏日，虽然与女人仍然不无关系的。

北方和南方一个大不同，在我看，就是北方无水而南方有。诚然，北方今年大雨，永定河，大清河甚至决了堤防，但这并不能算是有水；北平的三海和颐和园虽然有点儿水，但太平衍了，一览而尽，船又那么笨头笨脑的。有水的仍然是南方。扬州的夏日，好处大半便在水上——有人称为"瘦西湖"，这个名字真是太"瘦"了，假西湖之名以行，"雅得这样俗"，老实说，我是不喜欢的。下船的地方便是护城河，曼衍开去，曲曲折折，直到平山堂——这是你们熟悉的名字——，有七八里河道，还有许多杈杈桠桠的支流。这条河其实也没有顶大的好处，只是曲折而有些幽静，和别处不同。

沿河最著名的风景是小金山，法海寺，五亭桥；最远的便是平山堂了。金山你们是知道的，小金山却在水中央。在那里望水最好，看月自然也不错——可是我还不曾有过那样福气。"下河"的人十之九是到这儿的，人不免太多些。法海寺有一个塔，和北海的一样，据说是乾隆皇帝下江南，盐商们连夜督促匠人造成的。法海寺著名的自然是这个塔；但还有一桩，你们猜不着，是红烧猪头。夏天吃红烧猪头，在理论上也许不甚相宜；可是在实际上，挥汗吃着，倒也不坏的。五亭桥如名字所示，是五个亭子的桥。桥是拱形，中一亭最高，两边四亭，参差相称；最宜远看，或看影子，也好。桥洞颇多，乘小船穿来穿去，另有风味。

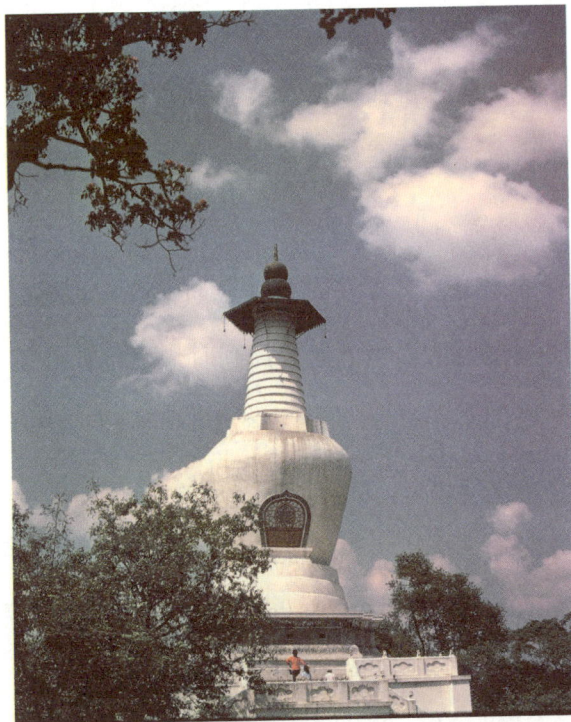

　　平山堂在蜀冈上。登堂可见江南诸山淡淡的轮廓；"山色有无中"一句话，我看是恰到好处，并不算错。这里游人较少，闲坐在堂上，可以永日。沿路光景，也以闲寂胜。从天宁门或北门下船，蜿蜒的城墙，在水里倒映着苍黝的影子，小船悠然地撑过去，岸上的喧扰像没有似的。

船有三种：大船专供宴游之用，可以挟妓或打牌。小时候常跟了父亲去，在船里听着谋得利洋行的唱片。现在这样乘船的大概少了吧？其次是"小划子"，真像一瓣西瓜，由一个男人或女人用竹篙撑着。乘的人多了，便可雇两只，前后用小凳子跨着：这也可算得"方舟"了。后来又有一种"洋划"，比大船小，比"小划子"大，上支布篷，可以遮日遮雨。"洋划"渐渐地多，大船渐渐地少，然而"小划子"总是有人要的。这不独因为价钱最贱，也因为它的伶俐。一个人坐在船中，让一个人在船尾上用竹篙一下一下地撑着，简直是一首唐诗，或一幅山水画。而有些好事的少年，愿意自己撑船，也非"小划子"不行。"小划子"虽然便宜，却也有些分别。譬如说，你们也可想到的，女人撑船总要贵些；姑娘撑的自然更要贵了。这些撑船的女子，便是有人说过的"瘦西湖上的船娘"。船娘们的故事大概不少，但我不很知道。据说以乱头粗服，风趣天然为胜；中年而有风趣，也仍然算好。可是起初原是逢场作戏，或尚不伤廉惠；以后居然有了价格，便觉意味索然了。

北门外一带，叫做下街，"茶馆"最多，往往一面临河。船行过时，茶客与乘客可以随便招呼说话。船上人若高兴时，也可以向茶馆中要一壶茶，或一两种"小笼点心"，在河中喝着，吃着，谈着。回来时再将茶壶和所谓小笼，连价款一并交给茶馆中人。撑船的都与茶馆相熟，他们不怕你白吃。扬州的小笼点心实在不错：我离开扬州，也走过七八处大大小小的地方，还没有吃过那样好的点心；这其实是值得惦记的。茶馆的地方大致总好，名字也颇有好的。如香影廊，绿杨树，红叶山庄，都是到现在还记得的。绿杨村的幌子，挂在绿杨树上，随风飘展，使人到现在还记得的。"绿杨城郭是扬州"的名句。里面还有小池，丛竹，茅亭，景物最幽。这一带的茶馆布置都历落有致，迥非上海、北平方方正正的茶楼可比。

"下河"总是下午。傍晚回来，在暮霭朦胧中上了岸，将大褂折好搭在腕上，一手微微摇着扇子；这样进了北门或天宁门走回家中。这时候可以念"又得浮生半日闲"那一句诗了。

朱自清，原名自华，号秋实，后改名自清，字佩弦。原籍浙江绍兴，出生于江苏省东海县（今连云港市东海县平明镇）。现代杰出的散文家、诗人、学者、民主战士。

扬州续梦（节选）

洪为法

　　扬州的瘦西湖，似乎不能和"浓妆淡抹总相宜"的杭州西湖相比，却也不必相比。在扬州的花局里陈列着若干盆景，多很小巧可爱，看来这瘦西湖就和那些盆景是一样的。在那些盆景中，有时会放置着几块玲珑的小石块，这自然是很雅致的点缀，在战前的瘦西湖，如其论到雅致而又饶有别趣的点缀。一些竹篱茅舍以及疏疏落落的亭台，似乎都不够味，总该要数到那桥畔诗人了。

　　这桥是指北郭外的大虹桥。这桥畔诗人的姓名，知道的人就极少。瘦西湖的游客都称他是诗人。这位诗人，却不会写诗，只会诵诗。不过在一条蜿蜒的绿水里，两岸草木也青翠欲滴，还有各种秀媚的

花儿在枝头或者草间开放着。这游湖必须经过的大虹桥，便横卧在绿水之上。就这桥畔的绿荫之下，会有一位白发苍然的老人，向着往来游湖的小船，吟诵着诗歌，这不是很雅致而又饶有别趣的点缀吗？称他是诗人，似乎也怪有意义的。

这位诗人手持着一根很长的竹竿，竿头还缀着一只小布袋。譬如说，有了游湖的小船经过他面前时，他一面吟诵着诗歌，一面将竹竿向小船前递去，小船上的人就会投几个铜子到那竿头的小布袋里去。原来他是以吟诵诗歌，代替了"老爷、太太"的呼号。许多游客对于他都乐于解囊。因为置身在这样的景色里，能添上一位老人在吟诵诗歌，怎不让人发生许多诗意，又增加许多游兴呢！

游客们似乎从来没注意过这些问题：这位诗人究竟识不识字？他所吟的许多诗歌是谁个教给他的？他们只觉得这位诗人是很能适应环境的。他在春天，就吟诵着"故人西辞黄鹤楼，烟花三月下扬州；孤帆远影碧空尽，惟见长江天际流"这一类诗歌。在秋天，就吟诵着"青山隐隐水迢迢，秋尽江南草未凋；二十四桥明月夜，玉人何处教吹箫"这一类诗歌。并且他很幽默，对于一些游湖的少年，他会吟诵着"劝君莫惜金缕衣，劝君惜取少年时；花开堪折直须折，莫待无花空折枝！"对于一些游湖的妓女，他又会吟诵着"娉娉袅袅十三余，豆蔻梢头二月初；春风十里扬州路，卷上珠帘总不如！"

除了雨雪载途，每日的大虹桥畔，这位诗人都是曳长了声调，向游客们吟诵诗歌。因为还有节拍，便也可以动听了。往来的游客们，只要身边有零碎钱，总会给他一些，不愿使他失望的。并且给与不给，他并不斤斤计较，还是很和蔼地吟诵着诗歌，这倒使人有些过意不去。因此，游客们的船只行驶到将要靠近他，听得他吟诵的声音时，多会互相查问一下，谁有零碎的钱。如是船上有了小孩子，这小孩子必抢着把钱递到那小布袋里去。这时，他会笑容可掬地道声"谢谢"，逗引得孩子们格格地笑起来，或者还要他再添一首。这么，船只已是悠悠的前进了几丈远，还可听到他的余音袅袅哩。

这该是瘦西湖上唯一雅致而又饶有别趣的点缀。可惜在抗战的火焰还未燃烧起来时，这位诗人便死了。自从这位诗人死了以后，虽是湖山无恙，吟诵诗歌的声音却再也听不到了。旧日的游人，每当再来湖上，经过那大虹桥时，似乎都有说不出的惆怅。

瘦西湖上的游船，以笔者记忆所及，似乎随着时代的演变愈缩愈小了。大的画舫，在从前是可以摆酒席的，主客以外，加上船夫、仆役和厨师不算，更有侑酒奏曲的粉白黛绿之辈。这么，画舫自然是要很大的，两舷有雕栏，上面有飞盖，里面还有许多陈设。这种画舫在现时已是见不到了，现时所能见到的要小得多，布置等等，也远不如前。并且就是这比较小的画舫，也像失去了青春，露出衰老的情态，早不受到游客的垂青，三五零星的几艘，却在静候

着举家老幼一同出游的人们去光顾了。

近多年来湖上的船只，来来去去的多是极小的一种，俗称"小划子"。这小划子上面有清白的布篷，四面用铁条支撑着，里面放着几张藤躺椅，并且也有一张小木桌，可以放放茶具。如是只三四人合坐一船是很舒服的。船身小，速度快，游湖时转动灵活，自会为一般人所爱好。

不过大的画舫，随着时代演进，归于淘汰，小划子应运而生，这固是瘦西湖上近多年来最显著的转变，可是以笔者的观察，战前与战后，却另有一种使人发生沧桑之感的，便是一些撑小划子的船娘也变了。战前的船娘在服装方面，似乎有一定的，多是黑色的绸裤，白色的布衫。这样的装束，衬映在绿沉沉的草木中，正是湖上不易见到的忘机鸥鹭，自很赏心悦目。并且多在妙龄，不少眉目清秀的，在"知好色，则慕少艾"的情况下，她们在湖上撑船的生涯，不用说，会比其余村俗的船夫们要隆盛得多。加之她们撑船的技术又很好，拿着一枝竹篙，很灵活地撑去，不管多远，篙子一上一下，衣服上不会溅到水点子，那种灵活的身躯，娴熟的技巧，像音乐之有节拍一样，如是你躺在藤椅上带着鉴赏的心情看去，会不由的暗自赞美。

年轻的人们总是好动并且好胜的，见到船娘们善于撑船，也便欣然学习，会叫船娘们坐在船里，由他们去撑。船娘们看着他们有时因为篙子拿不好，使得小划子在湖里回旋着，或者撑得欠缺技巧，拔起篙子把湖水溅得满身，会格格地笑成一团。在这边的柳荫中，在那边的芦苇旁，此起彼应的笑声，常是连缀成一串，然后慢慢的低微下去，终于沉没在湖风里。这真是湖上极美妙的点缀。可惜眉目娟秀的船娘，如今已不多见，服装方面，也没过去那么整洁，就连撑船的技巧，也似乎没过去那么娴熟了。这是战争带来的灾害，衰老的扬州，却再也经受不起这样灾害哩！

扬州城外的茶社与游客能发生亲密关系者，如绿杨村、香影廊、庆升、冶春，都在北郭的吊桥两侧。以过去情形论，青年人及妇女们多喜欢到绿杨村去，而老年人便乐于留在香影廊，该是因为香影廊的历史悠久，命名典雅，易于使彼等发抒怀古的幽情之故。

王渔洋的《浣溪沙·红桥》词有云："北郭清溪一带流，红桥风物眼中秋，绿杨城郭是扬州。"像是绿杨乃扬州特有的标识。扬州既称为绿杨城郭，自然宜乎有一绿杨村茶社以资点缀。

不过昔日的绿杨村与现时的绿杨村显有不同之处。昔日的绿杨村，几乎全部笼罩在柳烟中。每于树梢高悬白色的布旗，写着鲜红

的"绿杨村"三字，遥遥看去，颇有"万绿丛中一点红，动人春色不须多"之感。记得先父曾指此"绿杨村"三字，问笔者"白旗红字绿杨村"可对何语，当时苦思不得，先父笑谓，可对"青石兰书丹桂岭"。可惜至今还不知丹桂岭是在何处。

绿杨村面临城河，邻近红桥，后面土岗，便是通行大道，四围无墙，仅于入口处横架一木牌，写有"绿杨村"三字，这就算是招牌了。过此有一小板桥，每当暮色已至，游客散去，小立桥头，低吟着"独立小桥风满袖，平林新月人归后"词句，一时会添得不少的诗情画意。

渡桥后，沿河有一条短短土路，尽是停泊着大小游船，比较姣好的船娘多在这里等待着顾客。另一面是短短竹篱，竹篱之内，有一土丘，并且有亭翼然。土丘上下，杂植竹木，许多人都喜躺在藤椅上，一边品茗，一边从绿荫缺处闲觑着河上的游船，会忘却时光的飞逝，也会忘却人世的纷扰。这是绿杨村最幽雅处，也正是绿杨村最引人入胜之处。

此外，由小桥下引水入内，成一小小荷池。荷池的北面，有几间矮屋。每间朝南，都是短短的栏杆，里面放着竹制的桌椅。从这里面，可以看到往来于绿杨村的茶客，也可遥遥的看到河上的游船。这是携带眷属的人们喜欢逗留处所，也是情侣喁喁细语的乐地。土路尽处更有一处极大的敞厅，靠河的一面可以垂钓。稀疏的钓竿衬映在绿水的上面，在垂钓者固有濠梁之乐，而在游客见之，亦觉风雅宜人。

其余还有些别个卖茶的房屋，只是都在里身，与河上相隔较远，从游赏的观点上论，总不及上述三处的好。可惜这些情形都成过去了。绿杨村里的短短土路已变成行人大道，不见小桥，也不见竹篱。

竹木被砍伐的很多，更无杨柳笼烟。加以临河一面，围以短垣，偶入其间，固是一派萧条景象，更有郑板桥所谓"见天不大"之感。据云抗战以后，已经换了主人，或者新旧主人的心襟互异，这才使得绿杨村大异旧观，固不仅因为乱离的关系罢！

扬州瘦西湖，在昔名长春湖。为何改名瘦西湖，就名称来看，当是似西湖为瘦。简截地说，比西湖小了一点。只是现在的瘦西湖如与过去情形相比，便应该改为病西湖，因为她又横被摧残了多年，已是憔悴得可怜。不过无论如何，这瘦西湖仍不失为扬州唯一的游览之地。沈涛的《匏庐诗话》中载有钱塘汪沆的《咏保障河》云："垂杨不断接残芜，雁齿虹桥俨画图；也是销金一锅子，故应唤作瘦西湖。"西湖之为销金锅子，见于《武陵旧事》："西湖景，朝昏晴雨皆

宜，杭人亦无时不游，而春游特盛。糜金钱靡有既极，故杭谚有销金锅儿之称。"瘦西湖若从湖上游人来说，自然也是一只销金锅儿。

谈到瘦西湖的湖上游人，以季候分，春夏秋三季都很多，到了穷秋严冬，便仅有少数的骚人雅士，为了寻觅诗句画稿而啸傲于湖上了。复以节令分，清明、重九以及农历六月初一到十九的观音香市，湖上大小游船固然往来如织，而岸上所谓"红男绿女"也真肩摩踵接。昔人说的"连衽成帷，举袂成幕，挥汗成雨"，必当在那种情况下，才知不是过分的夸饰。更以时间分，每日以午后游人为最多。大约都在二三时以后出城，到了暮色苍茫，这才款款归来。

既作湖上之游，就必有所破费。道经香影廊、冶春以及绿杨村等茶社，小坐品茗，略进面点，或瓜皮艇子，容与中流，又或遨游各处，缁流"请坐""倒茶"，自然都要破费。即使安步当车，处处打算，可是经由长堤春柳渡河到小金山，也得要小有破费。本来游湖是乐事，如必存心一毛不拔，必将变为苦事，又何必找此苦吃呢！

近数十年来，笔者也是湖上游人之一，对于各游览处所之盛衰，自多沧桑之感。而游人类别似乎也随着时代巨轮叠有所变。在笔者幼年时，湖上游人都是中年以上者，而中年以上者之中又以男性为多。

在那许多男性游人中，更带着不少风雅的情调。有的聚在画舫中斗棋、弄笛、吟诗、作画以及猜拳行令等等。有的独自徜徉于柳荫之下，或是断桥之畔，大概是些觅句的陈无己以及呕心的李长吉。

女性总不多，偶或遇到，大半是闲门中人。其他女性如作湖上之游，则皆举家老幼聚于一船，便是所谓"家眷船"。青年人随着家长们出城，难得觅个闲空，约几位同伴在湖上偷偷的，并且急急地游荡一番。至于幼小者，便仅有村童牧竖以及荜门闺窦中的野孩子们了。

及至笔者青年时，湖上游人便多同辈，中年以上者以及风雅人士，每在一处，几乎都被挤到一个角落里去。年青少女，也可成群结队的游于湖上，此唱彼和的歌声，会和湖水湖风相激荡。不过这种情形，在牧竖村姑们是看不惯的，常会在一旁用手指点着，用嘴讥刺着。有时一些野孩子们更拍手唱着："二道毛，掉下桥；有人看，没人捞！"因为那时女郎截发尚未普遍，自易于被视为揶揄的对象。

到了笔者中年时，湖上游人便以青年男女为多。男女之间，再无过去那么谨严。一队队游人中，有多数是男性杂有一二女性者。更有一男一女驾了小舟一叶，飘荡水面，或隐匿柳荫，宛如忘机之鸥鹭者。笔者曾有浪淘沙词："波上碧油油，款款轻舟。柳烟笼处好勾留，莫作惺惺羞不说，难得风流。指点小山楼，欲上还休。那回别后不曾游；隔岸笙歌吹送过，惹遍新愁！"便是为这班青年们的湖上游人写照的了。

瘦西湖的湖水，一年年看去，似乎没有变，可是湖上游人，其类别固逐渐不同，其情调也显然的先后有别。

东坡词云："浪淘尽千古风流人物。"想来不仅长江的浪涛如此，瘦西湖的涟漪也会如此的。

喜爱游瘦西湖的扬州人，其所喜爱之处，会因性情而异，或学养而异，又或年龄而异。即以笔者说，幼年在小学求学时，午后散学，常是约三五同伴，连跑带跳，一直到小金山的对河，花费铜钱一两枚，便可全体渡河，直登后山风亭，四顾苍茫，高歌一曲，或狂啸数声，便又匆匆归去。那时小金山的风亭，应是笔者所喜爱的了。后来偶然弄笔，看似雅好文艺，实均浅尝即止，却因此染习到不少文人气习。于是游瘦西湖时，便喜驾扁舟一叶，落寞地向烟水迷茫处去。风雅一点说，是寻觅诗料，实亦不过藉以惬幽怀，骋遐想而已。又因不喜热闹，便懒得向游船多处厮混，尤不喜见到"请上坐""泡好茶"的山寺俗僧，也便不会在小金山、徐园以及法海寺等处张筵取乐，以示豪迈。不过无论如何，瘦西湖的五亭桥下，总是任何人都喜爱之处，似乎并不因性情、学养以及年龄而异。

《扬州画舫录》上说："四桥烟雨，一名黄园，黄氏别墅也。"又说："四桥烟雨，园之总名也。四桥：虹桥、长春桥、春波桥、莲花桥也。虹桥、长春、春波三桥，皆如常制。莲花桥上建五亭，下支四翼，每翼三门，合正门为十五门。《图志》谓四桥中有玉版，无虹桥。今按玉版乃长春岭旁小桥，不在四桥之内。"笔者生晚，已不见画舫录中所说的玉版桥以及春波桥，仅见虹桥、长春桥以及莲花桥。

这莲花桥，即俗称五亭桥，因为"上建五亭"的原故。不过在民国二十二年以前，年久失修，桥上五亭，陆续倒塌，至于一亭都无，一时游人遂戏呼无亭桥。至二十二年，邑人王柏龄等倡修此桥，组织了重建扬州五亭桥委员会，募了好几千元，并且移用了城内皇

宫的砖瓦木料，才将桥上的五亭重建起来，至今还有王氏撰的《重建五亭桥记》石刻安置在桥上。

这桥上因有五亭，偶立桥头，看看四围景色，桥下游船，不畏烈日，不忧骤雨，固然也饶有意趣，但终不及桥洞里别有洞天。画舫录上所说"下支四翼，每翼三门"，就在每翼三门中，也就是桥洞里，可容小游船两只，或大游船一只。在事实上，大游船是不多进去的，因为最多只能进入一半，船梢要抛撇在外面，因而这别有洞天之处，遂多为小游船所独占。

游人们将小游船撑进去以后，可以躺在藤椅上假寐。好风从三个门吹送进来，无论外面的骄阳如何逞威，这里面却终是个清凉世界。桥的正门是游平山堂的必经之道，在里面有意无意地迎送往来船只，又是游目骋怀的好处所。并且隔水笙歌起落，沿河杨柳低昂，尤可悦耳娱目。

不过这桥洞里虽可容小游船两只，但如有一只已经进去，做了先得的捷足，于是后到的便多停在外面，或即望望然而去了。因此五亭桥下所谓"四翼"，不会怎样扰攘起来。反正撑到桥洞里面去的在于避嚣，又在于纳凉，偶或在于谈情说爱，如志在游湖，或想赶热闹，便不想撑进去，偶或进去停停，经过极短的期间就会离去。笔者萍踪靡定，年龄愈大，逗留在扬州的时间愈少，每忆故乡景色，首先必想到五亭桥下，可是又何能有更多的闲暇时间，容许自家扁舟一叶，避嚣纳凉于其下呢！

杨柳和扬州像颇有关系，这大约是因过去的隋堤之故。《扬州府志》上说："隋开邗沟入江，旁筑御河，树以杨柳，今谓之隋堤。"《炀帝开河记》上说："诏民间有柳一株，赏一缣，百姓竞献之。又令亲种，帝自种一株，群臣次第种，方及百姓。时有谣言曰：天子先栽，然后百姓栽。栽毕，帝御笔写赐垂杨柳姓杨，曰杨柳也。"便因这隋堤多柳，而炀帝又死在扬州，于是谈到扬州，也就谈到隋堤和杨柳。到了王渔洋的《浣溪沙·红桥》所谓"北郭清溪一带流，红桥风物眼中秋，绿杨城郭是扬州"盛传后，"绿杨城郭"竟变成扬州的异名，而杨柳也像是扬州特有的点缀了。

在昔扬州的杨柳，无疑是很多的，而北郊瘦西湖的长堤上则为尤多。因此，扬州八景中便有所谓"长堤春柳"。这长堤春柳，据画舫录上说："在虹桥西岸，为吴氏别墅大门，与冶春诗社相对。"又说："扬州宜杨，在堤上者更大。冬月插之，至春即活，三四年即生二三丈。髡其枝，中空，雨余多产菌如碗。合抱成围，痴肥臃肿，不加修饰，或五步一株，十步双树，三三两两，跋立园中。构厅事，额曰"浓阴草堂"，联云："秋水才添四五尺（杜甫），绿阴相间两三家（司空图）。"此外画舫录中写"西园曲水"时，更说及西园中的"舫咏楼西南角多杉，构廊穿树，长条短线，垂檐覆脊，春燕秋鸦，夕阳疏雨，无所不宜。"中有拂柳亭，联云："曲径通幽处（高适），垂杨拂细波（温庭筠）。"北郊杨柳，至此曲尽其态矣。"可见扬州北郊的杨柳是很著称，而长堤春柳则又是北郊的杨柳之代表作。

关于长堤春柳，画舫录中更说到过去为黄氏为蒲所筑，并另有汪氏元麟，以画长堤春柳图得名。此图不知今日是否尚在人间，而黄氏当时修筑长堤春柳的情形如何，也不可复知。以现况说，长堤总算还存在着，长堤上一座已经很残破的亭子里，还悬挂着陈氏重庆所写的"长堤春柳"横额，可是春柳却仅剩三五零星了。在亭子里更有陈氏所撰《修复长堤春柳记》的石刻，其中说到："故湖上八景有长堤春柳，其地起虹桥为堤，西属之司徒庙，元崔伯亨花园直堤之半，王、卢冶春修禊，先后咸在于此，是为洪氏倚虹园，今徐园则其地也。丙辰之岁，杨君炳炎兴治徐园，既葳其事，复出私财，自园至虹桥因故堤增高益广，夹植桃柳，荫蔚成蹊，凡用银元若干

枚，修堤一里，植树五百余株，而后旧迹所存，图经所载，可考而见。"于此可知，最近一次修复长堤春柳景色的时期，是在民国五年，主其事者是杨氏炳炎。杨氏名耀。关于此事，在《江都县新志》上亦有记载："徐宝山殁后，邦人士于湖上建园，祀宝山其中。初，董其役者吴策，策卒，耀继之。值盛暑往来烈中，时耀年近七十，不惮劳苦。逾年园成，复于红桥西沿堤植柳数百株，以达于园，中建一亭，为游人休息之所。今所植之树，皆扶疏垂荫，春夏间自红桥以东遥望之，俨若图画，而惜乎耀之不及见也。"新志上只说"植柳"，而《修复长堤春柳记》上却说"夹植桃柳"，以笔者昔时所见，确是一株杨柳一株桃。只不过短短三十年，而由杨氏修复的长堤春柳，又已摧毁，春柳还有三五零星，桃树便连一株也不可复见，剩了孤露着的一条所谓一里长的"长堤"，游人经过其上，既感崎岖碍步，又苦尘沙扑面，那能再能如新志所说"春夏间自红桥以东遥望之，俨若图画"呢？

不过抚今思昔，笔者于十数年前却还能于春秋佳日在这长堤春柳间，时时作图画中人。三五知交，踏过红桥，缓缓的由长堤向徐园走去。两旁杨柳依依，千条万缕，戏弄着游人的衣袖，一时游人的衣袖上也像点染上不少的绿意。兼以春日天桃呈艳，夏秋鸣蝉竞唱，更使人感到尘氛悉蠲，俗虑尽涤，步调在不自知间益复缓慢了许多，藉以细细咀嚼其中的诗情画意。有时又会亲持钓竿，闲坐在绿荫下垂钓着，此时得鱼与否，似乎并非十分关心之事，却尽是鉴赏着水中柳影的婆娑以及落花的荡漾。除了步行，又常扁舟往来于长堤。总是要船夫贴岸行驶，好随手攀折着柳条，并非以此赠别，却想带了回去，藉志湖上的游迹。可是此等情景，在笔者都已成为旧梦，长堤早经非复旧观，游船似乎也不胜沧桑之感，再不沿着长堤这一边行驶了。不知何时更有好事如杨氏炳炎，再来修复一次长堤春柳。笔者惟有怀着无限企盼的心情而已！

洪为法（1899—1970），祖籍仪征，世居扬州。曾用名炳炎，字式良、石梁，解放后以字式良行世。创造社是当年文坛上最激进的文学团体之一，著有《长跪》《他与她》《呆鹅》（小说集）、《莲子集》（诗集）、《为法小品集》（散文集）、《郑板桥故事》《文人故事选》（故事集）、《绝句论》《律诗论》《古诗论》《柳敬亭评传》《谈文化》（论著）等20多部书。

瘦西湖的旧梦

叶灵凤

翻开一册《文艺世纪》，见到有一篇《春到扬州瘦西湖》，读了一遍，使我又回到记忆中去了。

我只游过一次瘦西湖，那还是少年时代的事情。在更早的时候，我的家住在镇江，与扬州仅有一江之隔。"两三星火是瓜州"，真的站在江边上就可以望得见，可是我一直不曾渡过江。直到我离开镇江，到上海去学画，反而从上海远道背了画箱画架到扬州去游瘦西湖。

也许就是由于这一点曲折，十多天的扬州旅居生活，像是在我平淡的生活旅程中拾得一颗宝石，偶尔取出来把玩一下，总觉得它光彩动人，又像是曾经读过的一本好书，虽然已经许多年不曾再读了，只要碰到偶然的机会，拂去封面上的岁月的尘埃，翻开来读一下，依然觉得

回味无穷。

今天，就是我又将这本书再打开的时候了。

那时候的扬州，早已是一个破落户，瘦西湖也像是一座旧家池馆，朱栏已经褪了色，石阶的缝里长了青草，到处都显得荒凉和遗忘，可是，到处又还留下一点前代风流繁华的影子。我就是这么带着一点感慨和凭吊的心情，第一次接近这个过去曾被诗人誉为占了天下三分之二明月的风景胜地。

那时我，正是"白袷少年"的时代，读过杜牧的诗，读过韦庄的词，去时又恰是春天，因此一到了扬州，在心情上就仿佛堕入了一个梦中，在十多天的旅居生活中，觉得随处都充满了诗情画意，给我留下了至今想起来还有回味的记忆。

当时我曾画过瘦西湖上的垂柳，画过平山堂一带的松林，又画过水关和坍败不堪的城楼，都是油画。这些都是被我认为同我那时的心情十分调和的景色。可惜这些使我现在看来也许会脸红的作品，不知流落到什么地方去了。

当然，我知道如果现在再去重游瘦西湖，所见到的决不会再是这些。但在我的记忆中，就如一个年轻时代曾经在一起相处过的朋友一样，无论他现在怎样改变了，在我的记忆中仍是那副样子。因此许多年以来，我虽然极想再到那些旧游之地重去一次，但是如果真有了机会，到时我是否真的会去，我自己也不敢向自己保证。

分明知道过去的已经是过去了，但是对于有一些旧时的梦境，自己总好像有一点珍惜，留待不时把玩回味一下，不忍轻易去触破它。这种心情说出来大约会使得许多年轻人认为可笑吧。

叶灵凤（1905—1975），原名叶蕴璞，笔名叶林丰、L•F、临风、亚灵、霜崖等，江苏南京人，毕业于上海美专。

瘦西湖漫谈

陈从周

  扬州瘦西湖由几条河流组织成一个狭长的水面，其中点缀一些岛屿，夹岸柳色，柔条千缕。在最阔的湖面上，五亭桥及白塔突出水面，如北海的琼华岛与西湖的保俶塔一样，成为瘦西湖的特征。白塔在形式上与北海相仿佛，然比例秀匀，玉立亭亭，晴云临水，有别于北海白塔的厚重工稳。从钓鱼台两圆拱门远眺，白塔与五亭桥正分别进入两圆拱门中，构成了极空灵的一幅画图。每一个到过瘦西湖的，在有意无意之中见到这种情景，感到有可意味不可言传的妙境。这种手法，在园林建筑上称为"借景"，是我国造园艺术上最优秀巧妙手法之一。湖中最大一岛名小金山，它是仿镇江金山而堆，却冠以一"小"字，此亦正如西湖之上加一"瘦"字、城内的秦淮河加一"小"字一样，都是以极玲珑婉约的字面来点出景物。因此我说瘦西湖如盆景一样，虽小却予人以"小中见大"的感

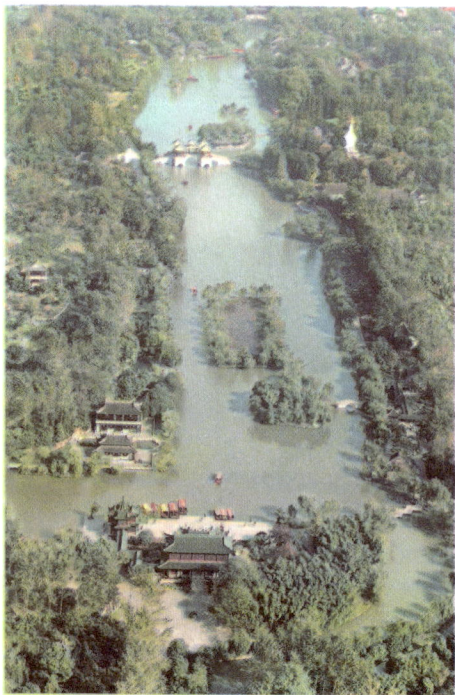

觉。

瘦西湖四周无高山，仅其西北有平山堂与观音山，亦非峻拔凌云，唯略具山势而已，因此过去皆沿湖筑园。我们从清代乾隆南巡盛典赵之壁《平山堂图志》、李斗《扬州画舫录》及骆在田《扬州名胜图》等来看，可以见到清代乾隆、嘉庆二代瘦西湖最盛时期的景象。楼台亭榭，洞房曲户，一花一石，无不各出新意。这时的布置是以很多的私家园林环绕了瘦西湖，从北门直达平山堂，形成一个有合有分、互相"因借"的风景区。瘦西湖是水游诸园的通道。建筑物类皆一二层，在平面的处理上是曲折多变，如此不但增加了空间感，而且又与低平水面互相呼应，更突出了白塔、五亭桥，遥远地又以平山堂、观音山作"借景"。沿湖建筑特别注意到如何陆水交融，曲岸引流，使陆上有限的面积用水来加以扩大。现在对我们处理瘦西湖的布置上，这些手法想来还有借鉴的必要。至于假山，我觉得应该用平冈小坡形成起伏，用以点缀和破平直的湖面与四野，使大园中的小园，在地形及空间分隔上，都起较多的变化。

扬州建筑兼有南北二地之长，既有北方之雄伟，复有南方之秀丽，因此在建筑形式方面，应该发挥其地方风格，不能夸苏式之轻巧，学北方之沉重，正须不轻不重，恰到好处。色泽方面，在雅淡的髹饰上，不妨略点缀少许鲜艳，使烟雨的水面上顿觉清新。旧时虹桥名红桥，是围以赤栏的。

平山堂是瘦西湖一带最高的据点，堂前可眺望江南山色。有一联将景物概括殆尽："晓起凭栏，六代青山都到眼；晚来把酒，二分明月正当头。"而唐代杜牧的"青山隐隐水迢迢，秋尽江南草未凋"，又是在秋日登山，不期而然诵出来的诗句。此堂远眺，正与隔江山平，故称平山堂。平山二字，一言将此处景物道破。此山既以望为主，当然要注意其前的建筑物，如果为了远眺江南山色，近俯瘦西湖景物，而在山下大起楼阁，势必与平山堂争宠，最后卒至两难成美。我觉得平山堂下宜以点缀低平建筑，与瘦西湖蜿蜒曲折的湖尾相配合，这样不但烘托了平山堂的高度，同时又不阻碍平山堂的视野。从瘦西湖湖面远远望去，柳色掩映，仿佛一幅仙山楼阁，凭栏处处成图了。

扬州是隋唐古城（旧址在平山堂后），千余年来留下了许多胜迹，经过无数名人的题咏，渐渐地深入了大家的心中。如隋炀帝的迷楼故址，杜牧、姜夔所咏的廿四桥，欧阳修的平山堂，虹桥修禊的倚虹园等，它与瘦西湖的"四桥烟雨""白塔晴云""春台明月""蜀冈晚照"等二十景一样，给瘦西湖招来了无数的游客，平添了无数的佳话。这些古迹与风景点，今后应宜重点突出地来修建整理。它是文学艺术与风景相合形成的结晶，是中国园林

高度艺术的表现手法。

　　扬州旧称绿杨城郭，瘦西湖上又有绿杨村，不用说瘦西湖的绿化是应以杨柳为主了。也许从隋炀帝到扬州来后，人们一直抬高了这杨柳的地位，经千年多的沿袭，使扬州环绕了万缕千丝的依依柳色，装点成了一个晴雨皆宜，具有江南风格的淮左名都，这不能不说是成功的。它注意到植物的适应性与形态的优美，在城市绿化上能见功效，对此我们现在还有继承的必要。在瘦西湖的春日，我最爱"长堤春柳"一带，在夏雨笼晴的时分，我又喜看"四桥烟雨"。总之不论在山际水旁，廊沿亭畔，它都能安排得妥帖宜人，尤其迎风拂面，予人以十分依恋之感。杨柳之外，牡丹、芍药为扬州名花，园林中的牡丹台与芍药阑是最大的特色，而后者更为显著。姜夔词："二十四桥仍在，波心荡、冷月无声。念桥边红药，年年知为谁生。"可以想见宋代湖上芍药种植的普遍。至于修竹，在扬州又有悠久的历史，所谓"竹西佳处"。古代画家石涛、郑燮、金农等都曾为竹写照，留下许多佳作。扬州的竹，清秀中带雄健，有其独特风格，与江南的稍异。瘦西湖四周无山，平畴空旷，似应以此遍植，则碧玉摇空与鹅黄拂水，发挥竹与柳的风姿神态，想来不至太无理吧。其他如玉兰芭蕉、天竹腊梅、海棠桃杏等，在瘦西湖皆能生长得很好。它们与竹、柳在色泽构图上，皆能调和，在季节上，各抒所长，亦有培养之必要。山旁树际的书带草，终年常青，亦为此地特色。湖不广，荷花似应以少为宜，不至占过多水面。平山堂一区应以松林为障，银杏为辅，使高挺入云。今日古城中保存有巨大银杏的，当推扬州为最。今后对原有的大树，在建筑时应尽量地保存，《园冶》说得好："多年树木，让一步可以立根，斫数桠不妨封顶。斯谓雕栋飞楹构易，荫槐挺玉成难。"

盆景在扬州一带有其悠久的历史，与江南苏州颉颃久矣。其特色是古拙经久，气魄雄传，雅健多姿，而无忸怩作态之状；对自然的抵抗力很强，适应性亦大。在剪扎上下了功夫，大盆的松、柏、黄杨，虬枝老干，缀以"云片"繁枝，参差有序，具人工天然之美于一处。其他盆菊、桃桩、梅桩、香橼、文旦桩等，亦各臻其妙。它可说是南北、江浙盆景手法的总和，而又能自出心裁，别成一格，故云之为"扬州风"。

瘦西湖湖面不大，水面狭长曲折。要在这样小的范围中游览欣赏，体会其人工风景区的妙处，在游的方式上，亦经推敲过一番。如疾车走马，片刻即尽，则雨丝风片，烟渚柔波，都无从领略。如易以画舫，从城内小秦淮慢慢地摇荡入湖，这样不但延长了游程，

并且自画舫中不同的窗框中窥湖上景物，构成了无数生动的构图，给游者以细细的咀嚼，它和西湖的游艇是有浅斟低酌与饱饮大嚼的不同。王士禛诗说："日午画船桥下过，衣香人影太匆匆。"我想既到瘦西湖去，不妨细细领略一番，何必太匆匆地走马看花呢。

我国古典园林及风景名胜地的联额，是对这风景点最概括而最美丽的说明，使游者在欣赏时起很大的理解作用。瘦西湖当然不能例外。其选词择句，书法形式，都经细致琢磨，瘦西湖的大名，是与这些联额分不开的。在《扬州画舫录》中，我们随便捡出几联，如"四桥烟雨"的集唐诗二联："树影悠悠花悄悄，晴雨漠漠柳毵毵"，"春烟生古石，疏柳映新塘"等，都是信手拈来，遂成妙语。其风景点及建筑物的命名，都环绕了瘦西湖的特征"瘦"来安排，辞采上没有与瘦西湖的总名有所抵触。瘦西湖不但在具体的景物色调上能保持统一，而且对那些无形的声诗，亦是作同样的处理，益信我国园林设计是多方面的一个综合艺术作品。

总之，瘦西湖是扬州的风景区，它利用自然的地形，加以人工的整理，由很多小园形成一个整体，其中有分有合，有主有宾，互相"因借"，虽范围不大，而景物无穷。尤其在摹仿他处能不落因袭，处处显示自己面貌，在我国古典园林中别具一格。由此可见，造园虽有法而无式，但能掌握"因地制宜"与"借景"等原则，那么高冈低坡、山亭水榭，都可随宜安排，有法度可循，使风花雪月长驻容颜。

瘦西湖的形成，自有其历史的背景。对于在一定历史条件下形成的风景区，在今日修建时，我们固要考虑其原来特色，而更重要的，还应考虑怎样与今日的生活相配合，做到古为今用，又不破坏其原有风格，这是值得大家讨论的。我想如果做得好的话，瘦西湖二十景外，必然有更多新的景物产生。至于怎样"因地制宜"与"借景"等，在节约人力、物力的原则下，对中小型城市布置绿化园林地带，我觉得瘦西湖还有许多可以参考的地方，但仍要充分发挥该地方的特点，做到园异景新。今日我介绍瘦西湖，亦不过标其一格而已。"十里画图新阆苑，二分明月旧扬州。"我相信在今后的建设中，瘦西湖将变得更为美丽。

陈从周 (1918—2000)，原名郁文，晚年别号梓室，自称梓翁。1918年11月27日生。浙江杭州人，闻名中国的古建筑园林艺术专家，大学文化，中共党员，同济大学教授，博士生导师，擅长文、史，兼工诗词、绘画。著有《说园》等。

春光明媚的瘦西湖

秦子卿

　　春到扬州，美丽的瘦西湖披上了绿色的新装。每逢假日，从晨曦初拂直到一抹晚霞吻着水面的时候，瘦西湖上总是徜徉着络绎不绝的游人。不论是在画舫里、小亭旁，或是垂柳丝丝的堤畔，随时都可以听到笑语和歌声。春光明媚的瘦西湖，也愉快地接受着劳动人民的爱抚。

　　瘦西湖原名"炮山河"，也叫"保障湖"，从历史上看，她位于城市的西郊，称她"西湖"，也可能是为了区别那原由赤岸湖、雷塘等构成的"北湖"，而且她的确也足以和杭州"西湖"媲美，但总因她湖光十里，瘦而且长，又不得不冠以"瘦"字。于是"瘦西湖"

这个名字，便传到了祖国各地。

谈到瘦西湖的范围，我们正可以借用"春光十里扬州路"这句诗来说明她。假定以苏北师专门口的大虹桥为中心点——向南：经过原是"倚虹园"的一片芳洲和我校大礼堂旁的"柳湖春泛"，一泓流水潆洄，直到城南的荷花池；向东：经过"西园曲水""卷石洞天"等名胜，到问月桥后，一支进北水关，称"小秦淮"直到"公园"；另一支经丰乐下街、天宁寺而向梅花岭去。梅花岭位于广储门外，"明万历间浚河叠土而成"。旧名土山。树以梅，遂名梅花岭。明末时，阁部督师史可法曾在这里操练部队，保卫扬州；史公殉难后，遗骸难寻，人们便将他的衣冠葬于梅花岭上，并立有史忠正公祠来纪念这位热爱祖国的先烈。大虹桥原是板桥，建于明崇祯年间，桥上围以朱红栏杆，色彩鲜艳，因此得名"红桥"，又称"虹桥"。现在的石桥，是清朝乾隆年间改建的。桥西的一列短墙，是我校的临水屏障，墙内万树新绿，拥着红瓦敞檐的湖滨大楼，构成了我校教职员宿舍的幽美环境。这里原是"冶春诗社"的"香影楼"和"冶春楼"，在其南边原有"秋思山房"，旧址约在现在我校图书馆附近。桥畔的园林，解放前年久失修，一片荒芜。1954年政府拨款整理，亭宇花木连接虹桥。步上虹桥，可以纵观两岸的园林之美，南濒曲水，北望湖烟，景色殊异。《梦香词》云：

扬州好，第一是虹桥，杨柳绿齐三尺雨，樱桃红破一声箫，处处系兰桡。

可见"虹桥揽胜"之名，一向是独擅湖上的。由此向北，才到了瘦西湖的心脏，所以画舫出虹桥，更觉得豁然开朗，别饶胜概。

沿大虹桥东岸，经游泳池而到苏北工农速中，这一带为"净香园"旧址，过去有"青琅玕馆""合浦熏风""香海慈云"诸名胜，历经数百年的反动统治者的蹂躏，早已成了满目荒烟。解放之后，人民政府在这里创办了苏北工农速成中学，修葺整饬蔚然成观。由浦头至湖心小屿，原有小桥可通，名叫"春波桥"。隔湖两岸，是一条南北大堤，沿堤桃柳相间，垂丝飘拂，称为"长堤春柳"。堤中间，有亭翼然，面湖背山，题额曰"中流自在"。长堤之西，坡势蜿蜒，绿树葱茏，西北延至法海桥畔。这里在清初时为"桃花坞"，到国民党反动派统治时期，叶秀峰仗势占据，改称"叶园"；解放后，又回到了人民的怀抱，改建成劳动公园。园内新砌了劳动大厅，点缀得富丽堂皇，常常有机关团体借这里集会游乐。劳动公园之北，便是长堤的尽头，一湾湖水，围绕着扬州市园林管理所。这所庭园，池

榭明洁，画廊接着曲径，通到"疏峰馆"、金鱼池等处。这里过去叫做"徐园"，是地主豪绅们纪念军阀徐宝山的，如今已成为游人休息的好地方。解放之初，在园后"玉版桥"旧址，新建红栏木桥一座，可以直达湖心的小金山。

小金山旧名"长春岭"，于宋朝熙宁年间筑成。原来东坡上遍植梅花，号为"梅花春深"。拾级而上，便见到耸立山顶的"风亭"。从亭中环顾四野，远近湖山，全来眼底。山的东北边是长春桥，桥下碧水东流，两岸原有"杏花村舍"、"临水红霞"等名胜，延续至高桥，而迄于运河。山的南麓，围绕着一座曲折的粉墙，将"月观""琴室"连接起来，并和"关圣庙""湖上草堂"左右毗邻。山的西陲有"玉佛洞"，洞前为"绿荫馆"。沿着馆前的石阶向西，一条短堤插入湖心，堤上有钓鱼台，为"吹台"遗址。堤南西边的孤岛，原有"中川亭"；堤与北岸，新筑有石桥可通。岸上原有"春水廊""胜概楼"和湖波相映成趣，称为"水云胜概"。傍岸西行，没多远就到五亭桥。五亭桥在莲花埂上，故名"莲花桥"，

于清朝乾隆年间造成。桥分四翼，上有五亭，亭角飞甍，回廊相接；桥下正面侧面共十五个券洞，彼此相通，"每当皓月当空，各洞衔月，如得十五月，金色滉漾，众月争辉，倒悬波心，不可捉摸，为瘦西湖上的奇景之一"，从前每当春雨蒙蒙的时候，由小金山东岸的"趣园"看来，"右长春桥，左春波桥，其前则莲花、玉版"，烟水空蒙，亭桥如画，合称为"四桥烟雨"。

五亭桥束瘦西湖之腰，湖水于此又分为两支：一支过桥向西，一支由孤立湖中的袠庄向南，经法海桥下，绕法海寺折回五亭桥西，两水汇合西流，折而向北，直达蜀冈。当初湖面宽阔，法海寺如立湖心，故通称"湖心寺"。寺建于元朝至元年间，清康熙后改称"莲性寺"。寺中白塔，高耸入云，为湖上一伟大建筑，它那白垩衬着青天，对照着北岸的园林，称做"白塔晴云"。塔东为"云山阁"，原在东边的小金山上，始建于宋熙宁间，至清初移建于此。登阁北望，视线掠过桥亭与疏林，可以看到青黛横亘在蜀冈。"旧传地脉通蜀，故曰蜀冈。"冈上三峰突起：中峰为平山堂，西峰为司徒庙，东峰最高，就是观音山。

观音山又名"功德山"，山上有观音寺，宋《宝佑志》作"摘星寺"，明《江都志》作"摘星楼"。《南部烟花录》云："今摘星楼即迷楼故址。"原来隋炀皇帝死后，"迷楼"为唐兵所焚，后来仍就其地建筑，为寺为楼，"明崔桐扁之曰鉴楼"。这就相当于现在的"太峰阁"了。观音山的中央，为"圆通宝殿"，东边小殿为"地藏殿"，西南有紫竹林。林中竹竿都是紫色。寺前右庑有便门，由此下山，就到从前的水马头，是为"山亭野眺"旧址。再向西，过小桥，堤畔垂柳点染青萍，为湖上画舫停泊处；桥北原为"双峰云栈"，现在建成烈士墓，并且遍插树苗，不久将是佳木成荫了。烈士墓之前，旧为"九曲池"，有"听泉楼""露香亭"诸胜；池西山背耸峙，为万松岭，亦即"万松叠翠"旧址。沿前麓拾级而登，仰首西望，只见"淮东第一观"五个大字，这就是平山堂了。

平山堂为宋朝欧阳修所建，位于大明寺西侧。大明寺即古栖灵寺，清高宗改题法净寺，为扬州著名的古刹之一。寺左"平楼"，屹立东南，郭熙《山水训》云："自近山而望远山，谓之平远。"故又名"平远楼"。平远楼与平山堂东西对峙，登堂南望，一目千里，"江南诸峰，植立阑户，且肩摩领接，若可攀取"。有人曾集欧阳修句为联"衔远山，吞长江，其西南诸峰，林壑尤美；送夕阳，迎素月，当春夏之交，草木际天"，这足以说明平山堂的远揽胜景。但是历来统治阶级对这些名胜古迹，总是抱着"赏玩而轻弃之"的态度，甚而至于任意摧毁，平山堂的命运便是这样的若断若续。其后，至嘉定年间，才行修复，景定初，李庭芝曾在这里领导人民反抗元兵的侵略，筑平山堂城，"包平山而瞰雷塘"。现在的平山堂，乃是太平天国革命后所修。其后为苏东坡的谷林堂，系因"深谷下窈窕，高林合扶疏"之诗而得名，"旧在（大明寺）佛殿后，同治九年……移建于平山堂后"。穿过谷林堂，就是欧阳修祠。西边一列围墙，为平山堂西园。园的面积很大。西面都是丘陵，中间比较低洼，过去"池水沦涟，广逾数十亩"，如今则芳草遍地，古木参天，为春日游戏、

— 52 —

集会之地。园中有天下第五泉，泉水甘美，久享盛名。园西约二里许，为蜀冈西峰的司徒庙，历久古迹湮没，兹不赘述。

总而言之，瘦西湖南起城厢，北抵蜀冈，湖山掩映，早在唐宋时就以风景著称。千百年来，劳动人民辛勤创造的文物古迹，多为封建统治阶级所占有，久经变迁，时兴时废；更由于日本帝国主义与国民党反动派的掠夺与破坏，以致园林荒芜，名胜寥落。解放后，瘦西湖回到了人民的怀抱，在党和政府的关怀下，几年来，湖上的白塔、小金山、五亭桥、西园曲水等胜迹，都经重新整理，此外，并有计划地兴建亭桥厅池，栽培花草树木，为瘦西湖唤回了美丽的青春。今后，她将会随着祖国的社会主义建设事业的发展而更加美丽。

秦子卿，号武公，男，汉族，1925年生于上海，祖籍江苏高邮。建国后历任扬州师范学院、湖南屈原大学、岳麓大学教授、常务副校长、校长。系江南诗词学会副会长，中华诗词学会学术委员，全球汉诗总会顾问，《中国当代诗人词家代表作大观》编委会顾问等。著有《烽火诗钞》等书十七种。

江南园林——瘦西湖

周维权

　　成熟后期的江南地区，私家园林建设继承上代势头普遍兴旺发达。江南园林的分布和影响范围很广泛，但私家造园活动的主流仍然集中在扬州和苏州两地。大体来说，乾嘉年间的中心在扬州，稍后的同光年间则逐渐转移至苏州。因而此两地的园林，可视为江南园林的代表作品。

　　扬州园林在明末清初已十分兴旺的基础上，到清乾隆年间更进一步臻于鼎盛的局面。当时有"杭州以湖山胜，苏州以市肆胜，扬州以亭园胜"的说法，并获得"扬州园林甲天下"的隆誉。早在康熙年间，扬州园林已经从城内逐渐发展到城外西北郊保障河一带的河湖风景地。在这一带陆续有许多别墅建成，著名的如保障河南岸莲性寺东的"东园"，保障河北小金山后的"卞氏园"和"员氏园"，保障河大虹桥西岸的"冶春园"，旧城北门外保障河尾闾问月桥西的"王洗马园"，保障河转北折回平山堂一段水道西岸的"筱园"等等。这些园林依托于长形湖面两岸的水景，使得沿湖地带"芜者芳，缺者植，凹凸者因之而高深"。再加之"堂以宴，亭以憩，阁以眺"等的建筑，从而收到了延纳借景、应带湖山、"隔江诸胜皆为我有矣"的造景效果。

　　乾隆时期，城内宅园继续营造而遍布街巷，大多数集中在新城

的商业区。郊外的保障河上别墅园林则尤为兴盛，栉次鳞比罗列两岸。从城东北约三里的"竹西芳径"起始，沿着漕河向西经保障河折而北，再经新开凿通的莲花埂新河一直延伸到蜀冈大明寺的"西园"；另由大虹桥南向，延伸到城南古渡桥附近的"九峰园"；大大小小共有园林六十余座。特别是从北城门外的"城闉清梵"起直到蜀冈脚下平山堂坞这一段尤为密集，沿保障湖"两岸花柳全依水，一路楼台直到山"。园林一座紧邻着一座，它们之间几无尺寸隙地。这就是历史上著名的、长达十余公里的"瘦西湖"带状园林集群。

瘦西湖园林集群最迟在乾隆三十年（1765），也就是乾隆帝第四次南巡的这一年，已全部建成，分别命名为二十四景：卷石洞天、西园曲水、虹桥揽胜、冶春诗社、长堤春柳、荷浦熏风、碧玉交流、四桥烟雨、春台明月、白塔晴云、三过留踪、蜀冈晚照、万松叠翠、花屿双泉、双峰云栈、山亭野眺、临水红霞、绿稻香来、竹楼小市、平岗艳雪、绿杨城郭、香海慈云、梅岭春深、水云胜概。这二十四景中的大部分为一园一景，景名就是园名，也有一园多景的。此外尚有以园主人的姓氏命名的园林若干处。如徐园、洪园、贺园、黄园等。这些各具特色的园林沿湖的两岸连续展开，构成一个犹如长卷的整体画面，并利用河道的转折和岛、桥的布置而创为长卷画面上的起、承、开、合的韵律。正如《水窗春呓》所说："计自北门直抵平山，两岸数十里楼台相接，无一处重复。其尤妙者，在虹桥迤西一转，小金山蟹其南，五顶桥锁其中，而白塔一区，雄伟古朴。往往夕阳返照，箫鼓灯船，如入汉宫图画。"乾隆二十八年（1763）到过扬州的沈复，在他写的《浮生六记》中对瘦西湖园林集群作出如下的评价：

虽全是人工，而奇思幻想，点缀天然。即阆苑瑶池，琼楼玉宇，谅不过此。其妙处在十余家之园亭合而为一，联络至山，气势俱贯。

瘦西湖不仅是私家园林荟萃之地，也是一处水上游览的风景名胜区，湖中笙歌画舫昼夜不绝，游船款式有十几种之多。包括瘦西湖在内的保障河乃是乾隆帝南巡时由大运河经天宁寺行宫到平山堂的必由之水路，盐商们为了取悦皇帝而在两岸作足够的园亭装点。瘦西湖一段的园林之间即多有这类零星的临时性装点，其余地段上甚至专门由当地官绅出面集资修建整座临时性的"装点园林"。例如"华祝迎恩"东起城北之高桥、西至迎恩桥长达二里许，"官令淮南、北三十总商，分工派段。恭设香亭，奏乐演戏，迎銮于此"。这类装点园亭均采用"挡子法"，围墙用竹树藩篱及蒲包临时堆砌，以假乱真，犹如舞台布景。因此，皇帝停止南巡之后，很快就坍废了。

嘉庆时，郊外的湖上园林已逐渐趋于衰落，道光年间终于一蹶不振，无复旧观。道光十九年阮元在《扬州画舫录》后跋中哀叹其为"楼台荒废难留客，花木飘零不禁樵"。但城内宅园之盛，仍不减当年，如著名的"个园""棣园"等均建成于此时。道光中叶，朝廷改革纲盐之制，贩运食盐已不能谋大利，故"造园旧商家多歇业贫散"，扬州的造园活动大不如前。鸦片战争后，开放五口通商。海上轮船运输日愈发达，大运河日愈萧条。扬州在经济、交通上失去了原有的地位，继之以太平天国革命战争的影响，前一段时期的园林兴旺的到此时遂一落千丈。同治年间，清廷镇压了太平天国革命，江南地区结束战乱，经济有所复苏，扬州园林又相应地呈现了一度兴旺。官僚、富商纷纷利用扬州优越的地理、文化条件又兴造了许多园林，不少也具备一定的艺术水平，但毕竟已处于回光返照的状态，远非乾隆前后可比了。

扬州是当时经营外贸的商业城市之一，不少外国商人聚集于此，当地商人中也有出海经商的。通过商业上的交往，西方园林和建筑的某些细部做法已被吸收到私家园林之中。李斗《扬州画舫录》成书于乾隆年间，书中对此多有记述。例如，卷十二载绿杨湾的怡性堂"左靠山仿效西洋人制法，前设栏楯"，即摹仿意大利山地别墅园的逐层平台及大台阶。"盖室之中设自鸣钟，屋一折则钟一鸣，关捩与折相应。外画山河海屿，海洋道路。对面设影灯，用玻璃镜取屋内所画影。上开天窗盈尺，令天光云影相摩，兼以日月之光射之，晶耀绝伦"，则是摹仿当时盛行于欧洲的巴洛克式建筑的所谓"连列厅"以及使用大镜子以扩大室内空间的做法。卷十四载"石壁流淙"的一幢建筑物的室内墙上绘西洋壁画，运用透视法因而景物逼真，人仿佛可以走进去。此外，还有摹仿广州十三行欧式建筑里面的三层楼房"澄碧堂"等等。

周维权，云南大理人，1927年生，1951年毕业于清华大学建筑系。后担任清华大学建筑学院教授。

扬州借景

蒋子龙

　　前不久在扬州参加一个对话会，有位外语学校的女同学说，她喜欢怀旧，却又有些惶惑，当时会场上发出一片笑声。当我知道她为什么爱"怀旧"以及怀的是什么"旧"时，不仅笑不出来，还觉得她的问题很难回答。这实际是道出了一种扬州的文化现象。在扬州爱怀旧的并不单是她这个刚上初一的学生，整个扬州无时无刻不在"怀旧"。

　　这也难怪，扬州已建城2500余年，古文化的积淀深厚而辉煌，形成一股强大的威势。第一为扬州扬名的是大禹，据《尚书·禹贡》记载，大禹治水时分天下为九州，扬州为其中一州，并因"多水而扬波"得名。一些代表着中国文化高峰的诗文圣手，如李白、欧阳修、苏东坡等，甚至连清皇帝康熙、乾隆，也都为扬州做过广告……这谁能比得了？

　　生活在这样的环境中，每天眼睛看的、耳朵听的，多是古人的东西，如果不"怀旧"反倒不真实了。那个女孩子学的是英语，每天还要接受大量现代意识和新鲜事物，即"所怀多旧事，入耳有新声"，有时"古"和"今"难免会有冲突，这就让她不能不产生惶惑：喜欢怀旧，却又不得不活在现代。而那个女同学又哪里知道，令她惶惑的正是扬州文化的精髓："借古人"、"借传统经典文化"，以肥沃和提升现代文明的品位。

我以往的经验，每到一地主人总是先安排看大企业，参观名牌产品的生产基地。我们到扬州，第一天看瘦西湖、个园，第二天看何园……扬州并非没有大企业，不然 GDP 就达不到2113亿元，也不是没有名牌企业，在经济上他们是很"洋"的，或者叫很现代的。尽人皆知，当今世界是文化决定经济的成败，主人要给我们看他最拿手的，是再正常不过了。这也表明扬州对自己的人文景观非常自信，尤其是园林文化。古来就有定评："杭州以湖山胜，苏州以市肆胜，扬州以园亭胜。"

瘦西湖的发展，就完全在这个"瘦"字上做文章，要想瘦得美、瘦得精巧，就得"借景"。充分利用其"瘦"，才建成了"湖串园"的公共园林，又称"百园之湖"：徐园、闵园、贺园、罗园、熊园……过去的富商巨贾们，谁买地建了园子，就以自己的姓氏命名。是瘦瘦的湖水像一条曲折回旋的绿丝带，将一个个珍珠翡翠般的园林串起来，"一路楼台梅岭始，榭曲廊回直到山"。可想而知，这些园林的主人们必定要尽力突出自己的个性，穷尽玄思妙想，巧夺天工，出奇制胜。这样就很容易犯一个现代人经常犯的错误，乱搭乱建，只顾自己，不管整体，其结果肯定是每家的园子或许都不错，但整体看上去不协调，或破坏环境，混乱不堪，贻害无穷；或相互攀比、相互模仿，景致重复，乃至俗不可耐。在现代城市建设中，这类错误早已司空见惯，让人见怪不怪了。

然而，扬州之所以能有瘦西湖，能被尊为"人文古城"，就在于数百年前，那些各自发财的商人们，竟比现在的规划局更有环境意识和全局观念，审美品位也更高。被湖水串起来的百家园林，虽风格各异、各有千秋，却又"合而为一，联络至山，气势俱贯"。

他们的诀窍就是一个"借"字。

首先就是"借水"。园林的主人们都很清楚，瘦西湖是魂，丢了这个魂、或毁了这个魂，谁的园子建得再好也一钱不值。谁若能将园林建得成为整个瘦西湖上的一个独特景点，才算是大功告成。另外，康熙、乾隆都分别六下江南，富豪们要把自家园林造得出类拔萃，就是寄希望能吸引皇上的目光，倘若圣驾光临，那便是天大的幸事。这就是必须好好"借水"的妙处，"借"得好，整个瘦西湖都是你的，你也属于瘦西湖的，皇上到了瘦西湖，就算是到了你家。

其次是"借景"。后建的园林不是要把先建的园林比下去、压过去，而是以原有的园林为背景，借旁边的优势衬托自己，相辅相成，

相得益彰，达到锦上添花的目的。所以，徐园的风格偏实，"露中有藏，浅中求深"；而净香园的特点就以空阔为主，"手指目顾，苍远无边"……关帝殿内的一副对联，集中表达了瘦西湖善于"借景"的真谛："借取西湖一角，堪夸其瘦；移来金山半点，何惜乎小！"

尤其是与北京颐和园、承德避暑山庄和苏州拙政园并称为中国四大名园的扬州个园，更将一个"借"字用到了出神入化的境界。第一是"借竹"自喻，取名"个园"。个者，竹叶也。一根杆子挺着个人，劲直有节。

然后是"借石"，叠成四季山景。借来几根长短不一、粗细不等的石笋，在一片竹林中破土而出，点缀春意。进得春天的大门，借"皱、漏、瘦、透、秀、丑"的太湖石，垒成一座夏山，灰蒙蒙、湿浸浸，仿佛带云欲雨。山内空灵，有小桥曲折，穹窿石屋，还有大小不等的各种洞窟，"洞洞借景，风情幅幅"。最妙的是它能借来每个进山者的想象力，让你觉得风从穴来，石壁生凉，小桥流水，鱼游鸟栖……再下面是借红褐色的黄山石，堆成秋山。山上遍植松柏，遮天蔽日，每当风来，松涛怒吼，柏枝乱抽，一片肃杀的秋气。最后是借宣石垒成冬山，宣石纯白，看似一场大雪覆盖了山峦，常年不消，寒气逼人。营造冬山光是"借石"还不够，还要"借风"，在背面的墙上打了24个孔眼，名曰"风音洞"，实际是起到一个大音箱的作用，每当风起，呼呼有声，为冬山制造"北风呼啸"的效果。

还有更绝的，走过冬山，在西墙上会发现两个"窥春洞"，透过此洞可见外面一片盎然生机，绿竹苍翠，春笋挺拔……此谓"借春"！

　　探访扬州，深为其"借"的艺术而叹服。举一反三，一部人类的历史到处一个"借"字，借道、借光、你借我、我借你……善于借景者智，善于借力者强。盛唐时期，扬州是东南第一大都会，到明清，扬州成为当时世界上10个拥有50万以上人口的大城市之一……现今世界，既多极多元多中心，又呈现一体化趋势，你中有我，我中有你，牵一发而动全身，一损俱损。想唯我独尊，称孤道寡，恐怕是太难了。此时借鉴扬州文化中的这个"借"字，真是意味无穷，受用不尽。

　　蒋子龙，1958年8月参加工作，1972年3月入党，中专学历，编审。中国作家协会原副主席、天津作家协会主席、天津文联副主席。作为著名作家和中国文化的使者，他先后出访过欧美亚等十几个国家。2012年8月16日获全美中国作家联谊会颁发的首届东方文豪奖。

妖艳人间春

叶文玲

仲春去扬州，车窗外是被春风绿软了的田野，车窗内是被春气熏醉了的我。

醉意醺醺中去扬州，一浪一浪拍击脑海的词，除了"烟花三月"还是"烟花三月"。

国运兴，文事盛，仲春去扬州参加笔会，为的就是切切体会这"花似烟"或"烟如花"；为的就是细细品味这个楚尾吴头的"明月洲"，到底如何秀丽清华。

杭州—扬州，杭州到扬州的大巴委实简捷又轻便，轻便简捷中不由就惭愧起自己的迟慢：如此一个与"人间天堂"早相缠绵之地，如此一个春意盎盎的明月城，竟然年过花甲才第一次去体会品享。一边惭愧，一边又为自己开脱：虽然一直未得往访，但扬州的烟花春景早早就盘旋在脑子里，二十四桥的明月，也早已在心湖中荡漾。上初中时，之所以三年连任语文课代表，大概与能够滚瓜烂熟背诵《泊船瓜洲》和《春江花月夜》不无相关。

于是，虽然没有来过，扬州在我心中，毋庸言喻是杭州的姐妹。虽是第一次亲近，扬州被我铸定的就是美丽可人的词汇。

就这样，滚瓜烂熟着那些无与伦比的诗词，我醉着忆着猜着比着，来到了"淮左名都、竹西佳处"的扬州。

　　就这样，春风洋洋中抵达了这江淮名邑，切切实实游览了这绿杨城郭，有滋有味地品尝了美味佳肴，如痴似醉地聆听坊间清曲。在逗留的几天中，我凝神又恍惚，恍恍惚惚中总觉得依然宛在西子湖畔杭州城。

　　当然是错觉。是爱之深，情之切所生的错觉。是的，虽然在心里可以昵称杭州扬州宛似姐妹，但是，扬州杭州还有区别，扬州就是扬州。

　　于是，我再次用心用意体味扬州，就像那年体味苏州是"城与梅花一样清"一样，我终于觉出了扬州与杭州的不同。

　　扬州静。

　　静，是一种气象，静，生自从容，出自心态。

　　淹留着古代文化丰厚积淀的扬州，无例外的有着当今的诸多繁华，可令我惊异的是，她没有许多城市（包括杭州）的那份因为膨胀而生的嘈闹，仍然保留着如今难得的那份安静。

　　那是如同大家闺秀的一种娴静，那是一种与生俱来的涵盖着修养品性的"每逢大事有静气"的从容。

　　于是，即便车站码头随处可见"烟花三月扬州国际经贸旅游节"

的红火标语，即便条条马路车流如川，但是，车辆没有高分贝的轰鸣，行人是井然有序的走动，在大街小巷活动着的男女老少，仍是处惯大事不着忙的悠闲，仍有那份从容不迫的娴静。

作为匆匆过客，我虽然不谙扬州的交通，也说不清她到底有多少条主干道多少条小马路，但就我们所到之处，没有大街小巷人涌车堵的窝心，也没有嘈嘈嚷嚷的不堪场面，即便是舟楫穿梭的瘦西湖和游客如过江之鲫的名园，也是热闹而不是嘈闹、繁华而未见纷乱。于是，在扬州的众多宾馆大小饭店，虽然高朋满座宾馆如云，虽然政府官员因为这个有着"国际"品名，又是"经贸"当先的旅游节日而不亦乐乎，但给人的整个印象，扬州是有条不紊忙而不乱的。能够从容，就是因为骨子里有着古已有之的因文化而生的大家风范的娴静。

扬州雅。

雅，是一种风度，雅，缘自修养，也缘自文化，积淀深深的文化才孕育得出优雅。就这一点，她与苏州杭州非常相似。但就从容大度静中生雅的状况，我觉得扬州似乎更好。

"天下三分明月夜，二分无赖是扬州。"

一入扬州，这些很有意味的小诗立刻浮现脑海。扬州焉得不雅？扬州的湖桥水月，扬州难以数计的才子佳人和同样数不清的美食书画，是从古到今延续的，只要你立在某个城角四下一望，只要你翻开扬州的史籍，立刻你就落在了历史文化的烟云里，那教你惊诧不已的古典经典之品之物的层出不穷，那种无须细嚼慢赏霎时就升起的大快朵颐般的滋味，马上就令你感觉了优厚华滋的文化，而惟有这优厚华滋的文化，才能派生这无处不有的优雅。

扬州风流遍地优雅遍处，扬州有大雅，也有小雅。先抛开教我五体投地的老博物馆和新博物馆和那些大大小小的名园和亭台楼阁不提，我在这里要说的，是扬州的街巷。

人到扬州，只要在任何一条大街小巷驻足，只要在湖畔河边的任何一处闲步，就会见随处栽种的杨花柳絮款款起舞，那出挑在河畔桥边的一角角飞檐，总在不经意间就入了你的眼帘，这一处，那一处，所有的自然风物都向你演示着扬州无处不有的典雅；还有那居然保存至今的石板小巷，一溜溜素朴醒目的黑瓦白墙，还有那小院人家的青藤老井，还有那时隐时闻的清曲丝竹，这一点，那一点，无不教你体会着什么是江南水乡绿杨人家的闲适。

然后你就看那些人家。那些人家不见得是达官贵人或阔佬富翁，他们可能祖辈至今就是平头百姓。百姓自有百姓的平淡日子，即便祖孙三代都是引车卖浆者流，这些人家却还可能有着两间一厅和用结结实实的板壁隔出来的堂屋，那堂屋里也可能还摆着一张老祖宗传下的香案条几，或者一张虽然褪了漆却地道是花梨木做的八仙桌和一对明末清初的靠背椅。虽然这些人家壁上可能是老式挂钟，屋里是便宜的冰箱空调，但这些人家的日子闲适非常也惬意非常。不说过年过节，一日三餐说声开饭，一张小方桌稳笃笃地在天井里摆出来，米饭汤色是顿顿有的，应时捉季的香椿荠菜老湖菱也屡屡上桌，外加河里摸的螺蛳自己腌的鸭蛋，荤素齐全清清爽爽的几样菜蔬再加一碗四时羹汤，碧碧绿透透鲜，不等下咽就教你喉咙里早早爬出馋虫来！风尘劳碌中来到扬州，住住这样的人家，尝尝这样的家常便饭，用不着说雅，用不着夸好，你都会羡煞了这样的日脚。

雅的另一种含意是秀。秀雅秀雅，秀也是雅，雅也是秀，秀与雅，难解难分。

从这一点上说，扬州当然也是秀的。

早就听人说过扬州谦虚，有西湖谦之"瘦"，有金山逊为"小"，照我看，扬州谦逊，还因为她一直都是"秀"的。

瘦西湖就不用说了。杭州的西湖，现在范围越来越大，全线扩张，接南线延北线，都是往大里做文章的。可扬州，至今却一直坚守着瘦西湖般的这个"瘦"。

从前的瘦西湖"瘦"得非常秀丽，而今的瘦西湖"瘦"得依然精致。那天乘了小艇游湖，逶逶迤迤的一溜水路行来，一时间我觉着自己好似没有出门，你看那艳艳夹堤的一株杨柳一株桃，你看那妖妖的一溜水湾一座桥，不就是在杭州西湖荡游么？可忽儿间又觉着到底还是在扬州，你看这湖、桥、堤、岸还有夹堤的桃和柳，与杭州西湖的白堤苏堤总有点不一样，她们一无例外是那么纤瘦秀巧，纤瘦得如此妖娆，秀巧得教你有耳鬓厮磨般的亲昵，于是，就越发觉得她们娇媚动人，恍惚间也就体会了一种别样的拥有。无怪现代的人那么喜欢形体的纤瘦，因为纤瘦秀巧除了视觉的快感，更能生出娇媚之态；外形的纤瘦秀巧，不减内蕴的丰富，纤瘦秀巧因为不盈一握而更让人体会了真真切切得以拥抱大自然的乐趣。

扬州的秀，还体现在她的许多名园中。扬州有好园林，自在意料中。原来，我曾以为天下园林苏州为最，扬州再好，也不出苏州其右吧？谁知却不然。

苏州园林曾教我们识得了：一个园子的好处，全不在大小。扬州园林的秀，除了"花香不在艳，室雅何须大"的秀，更是木秀于林的秀，更是有个性、得奇美的秀。说到扬州的名园，特别是何园、个园，真叫我大大地感佩了一把，要说扬州的这些名园，当然是可圈可点的大文章，我简化为一个字：它们个个都"秀"。

人说扬州的万种风情源于精致。这话不假。扬州名园以及扬州的秀，就在于精致，这精致，在于园林，也在于居处环境。刚才所描述有关老百姓的旧居，不过是一种，如果说"人生只合扬州居"是今人对古人张祜诗意的演化，那么，而今的扬州，已经开发了许多极有情味价钱又很适中的新颖小区，那更是又静又雅又秀的好所在。所以说住在扬州，真也是"得住天堂"，要不然，2004年扬州为什么能获得中国"最佳人居奖"呢？

扬州润。

如果说扬州的优雅是天生的，那么，扬州的润，也是古已有之，既得自文化也得自她最为丰厚的物质——水。

扬州的润是显而易见的。润即滋，滋能润，滋润滋润全在于水。扬州让人感觉滋润，当然是因为她有河有湖还有江。水是城市的血脉，一个天然有水的城市，就像浣纱的西施和临水的洛神一样，那份天然的美丽中就添了更大程度的生动活泼，一个有着河水湖水更有江水滋润的城市，当然就倍加娇妍无限明媚。

扬州不光有袅袅而流的漕河运河，不光有万千诗词叠成赞美诗的瘦西湖和许多明珠般的小湖，真正最能滋润扬州的，当然还是因为她紧紧傍着我们的母亲河——长江。自古是南北交融东西交会之地的扬州，早得水运的舟楫之便，而今，润扬大桥的开通，更使扬州与对岸的镇江热热相握，实现了江河海的联通，实现了水、公、铁路的联运，加速了世界各地的生产要素向扬州的汇集。润扬大桥的开通，是扬州国际经贸旅游节的"重头戏"，也是我们笔会中参观的压轴节目。虽然上桥时正碰上了一场瓢泼大雨，但是，彩虹飞跨是人间奇迹，雨中看桥，不减游兴而只添豪情。在雨中，凝望着这座将悬索、斜拉两种先进造桥技术融为一体、"中国第一、世界第三"的大桥，咀嚼着扬州人人自豪的"飞越天堑第一跨"，我切实感到了扬州飞跃的分量。无怪扬州人自豪地誉之为腾飞的新跑道，因为大桥的开通，带来的不只是万商云集的盛况，我感觉的是，一个以一连串迷人数字作底牌的"实力扬州"，正带着无限妖娆的形态，在世人眼前傲然崛立。雨中看桥，更使我对扬州的滋润之本，有了崭新而敬羡的认识，水，的确是使城市更加鲜活的血脉，而大桥，则是一架使当地经济更上层楼的天梯。

在浩渺相接的水云间凝望着雨中的桥，对扬州美滋滋的润，对扬州独有的静雅秀润，我更有了切切的认定。

烟雨朦胧中，文友们集聚在"四桥烟雨楼"，如醉如痴中听着大家诉说对扬州的梦呓情话，于是，也不知自己依然醉着还是清醒着，抓过笔来就写：

"朝辞武林门，午谒明月城。江南两西子，妖尽人间春。"

笔会中有人说：今年中国作家"'烟花三月'扬州笔会"的最

大奇迹，是把小说家都变成了诗人。我不知道自己的涂鸦是否算诗，更不敢追问这奇迹是否也包括了我，但是，有一点我心里是有数的：扬州，把我变成了痴人和醉人。不，应当说：扬州，从此是我的情人。

叶文玲（生于1942年11月），浙江玉环人，中共党员，著名作家，中国作家协会第四届理事，第五、六、七届主席团委员。曾任河南省文联专业作家，浙江省文联专业作家、副主席，浙江省作协主席、名誉主席等，全国政协委员，全国人大代表、大会主席团成员。1958年开始发表作品，1979年加入中国作家协会。文学创作一级。

扬州瘦西湖

葛晓音

瘦西湖在扬州市北郊，原名保障河，因绕长春岭（即小金山）而向北，又称长春湖。隋唐以来，特别是清代中叶，经过历次修建，形成了规模很大的风景名胜区，成为山水自然美和园林艺术相结合的湖山胜景，与杭州西湖相比，另有一种清瘦秀丽的特色。清代钱塘诗人汪沆说："垂杨不断接残芜，雁齿虹桥俨画图，也是销金一锅子，故应唤作瘦西湖"。"瘦西湖"之名由此而来。

瘦西湖在清中叶全盛时期，园林达八公里长，有二十四景，一百几十处风景点，曾有"园林之盛，甲于天下"之说。现仍有46公顷的游览面积4.3公里的路程，沿湖筑有若干小园，园中小院相套，自成系统。各座小园和各处风景点又相互映衬，名人题咏很多。

瘦西湖实际是一条河。如按河的流向，从乾隆码头开始，向西北沿湖，经过绿杨村和红园，便到了"西园曲水"。这里是瘦西湖向西转折朝北的一段弯曲河道，水景层次丰富。东部有一座琵琶形小岛。西部湖岸内有一水池，内建一石舫。水池有溪流与湖相通，西南水湾处建有伞形园亭。

从"西园曲水"通向"长堤春柳"，有一座大虹桥横跨在瘦西湖上，初建于明末，原来是木桥，朱漆栏杆，取名红桥。乾隆时改为拱形石桥，像一道长虹卧在水波上，改称"虹桥"。乾隆时两淮盐运使卢雅雨在虹桥作七言律四首，依韵和他的有七千多人，编成一部三百多卷的诗集，其中有一道《梦香词》说："扬州好，第一是虹桥，杨柳绿齐三尺雨，樱花红破一声箫，处处系兰桡。"将虹桥写得极富诗情画意。虹桥的名声因这么多人赋咏而远扬四方。现桥为1972年重建。

过大虹桥，经长堤春柳，便到桃花坞，这里原是清初韩醉白别墅的桃花坞，后改名为徐园，园内是一片荷池，周围叠砌山石，种植桃柳。池东架有石桥，池西有曲径环绕。正厅名听鹂馆，西有一榭，名"春草池塘吟"，取意于南朝刘宋时诗人谢灵运《登池上楼》中"池塘生春草，园柳变鸣禽"这一对名句。厅南有过廊可通疏峰馆，馆前有两三块石峰，络石牵挂，古朴雅致。过桃花坞是小金山，原名长春岭，瘦西湖环岭流向北去，这里是瘦西湖风景最集中的地方。小金山由人工筑成，乾隆年间，盐商程志铨在此筑岭，费工二十万，

花三年时间都未堆成。后来在木排上堆土，才修成此山。山上的建筑，仿照南朝刘宋时大臣徐湛之在广陵雷坡造园的意思，在山顶上建风亭，以环顾全湖景色。又面向桃花坞筑琴室。琴室之东建月观，可临湖赏月。琴室北侧有小桂花厅和棋室，以曲廊相连。花墙和月观后筑起用太湖石沿边的花台，种老桂花树十多株，树下配植天竺、牡丹、芍药。通往风亭的盘道旁，遍植古柏、翠竹和春梅，构思、布局及所植花木都极为清雅。小金山西端有堤伸入湖中，堤尽头有一方亭，名为吹台。后因乾隆南巡时在此钓鱼，便改名为钓鱼台。亭前湖面开阔，亭身三面开圆洞门，透过圆洞可远远望见五亭桥和莲性寺白塔，五亭桥横卧在水上，所以衔桥的一面圆洞门为正圆形。白塔在五亭桥另一面，矗立空中，所以衔塔的一面圆洞门为椭圆形。不同的圆形犹如画幅的边框，使洞内所收的景物形成一幅比例协调的图画，由此可见造园人运用对景的匠心。

五亭桥横跨瘦西湖，在通向莲性寺白塔的堤坝上。是乾隆二十二年（1757），扬州巡盐御史高恒为迎奉乾隆帝到扬州而建造的。桥身结构复杂，由12块大青石砌成大小不同的桥墩，桥身由三种不同的券洞联成拱券形，共15孔。桥平面为"廿字"形。桥上建五亭桥，中心一亭，重檐瓦顶四角攒尖式，四角各有一亭，单檐四角攒尖顶。四亭间有廊子相连。桥栏柱顶雕有石狮。整体造型优美巧妙，而又稳重大方。桥下的孔洞彼此相连，十五月圆日，每个洞内都倒映一个月亮。这是我国桥梁史上具有独创性的杰作，因而五亭桥往往被当作扬州的标志。莲性寺白塔是仿北京北海白塔建成的。塔旁有云山阁，北宋著名诗人秦观曾来此吟诗。

葛晓音，女，1946年8月生于上海，1968年毕业于北京大学中文系。任北京大学中文系教授。

烟花三月下扬州

熊召政

　　儿时就背诵唐诗人李白《送孟浩然之广陵》的绝句，童稚时只觉得它好，但好在哪里却说不出来了。中年以后，才悟出这诗的妙处全在"烟花三月下扬州"这一句上。

　　扬州古称广陵，人们又叫它维扬。清代之前，扬州因靠着大运河，一向被誉为南北枢纽，淮左名邦。以今天的地理概念，扬州在苏北，不属江南。但古人自北方舟船而来，一入扬州，心理上便感觉到了江南。乾隆皇帝六下江南，其第一站盘桓之地，都定在扬州。江南是以长江为界的，从这层意义上，扬州不算江南，但它处在淮河以南，属不南不北之地，且扬州的人文风气，山水风光，都是近南而远北。杜牧在扬州留下的诗句"二十四桥明月夜，玉人何处教吹箫"，便绝不是凛冽的北地所能产生的情境了。

　　历史上的扬州，自隋至清一千多年间，虽屡遭兵燹，却不掩其繁华锦绣的气象，大凡一个城市，就像一个人那样，命运各异，有好有坏。扬州属于那种"贵人多难"一类。但每遭蹂躏之后，它总能顽强地恢复生气。"大难不死，必有后福"这八字用在扬州身上，也是合适的。

　　记载扬州古时的繁华，典籍甚多。但最好的要数清代乾隆年间李斗先生撰著的《扬州画舫录》了。杭州、苏州乃人间天堂，值得记述的盛事比扬州还要多。但无论是张岱的《西湖梦寻》还是顾禄的《桐桥倚棹录》，都不及李斗的这本书。尽管张岱才情很高，是一代大家，但作为城市的记录，他之考证与阐释，均没有下到李斗那样的功夫。李斗之后，另一位扬州人焦循写的一本《扬州图经》，也是一本好书。但史的味道太浓，非专门的稽古钩沉之士，恐怕很难读它。

古扬州最令人向往的地方，当在小秦淮与瘦西湖两处。其繁华、其绮丽、其风流、其温婉，《扬州画舫录》皆记述甚详。西湖之名借于杭州，秦淮之名借于南京，但前头各加一"瘦"与"小"字，便成了扬州的特色了。我一直揣摩扬州人的心理，天底下那么多响亮的词汇，他们为何偏爱"瘦"与"小"呢？这两个字用之于人与事，都不是好意思。我们说"这个人长得又瘦又小"，便有点损他不堪重

用；说"他专门做小事儿"，便暗含了鼠目寸光。时下有种风气，无论是给公司取名，还是为项目招商，均把名头拔得高高的。三个人支张桌子，弄台电脑，派出的名片却是"亚洲咨询公司"一类；两三张食桌的厅堂，美其名曰"食街"。总之，能吹到多大就吹到多大。照这个理儿，瘦西湖完全可叫"大西湖"或"金西湖"，小秦淮也可叫"中国秦淮"或"银秦淮"了。古扬州城中，虽然住了不少点石成金的商人，但铜臭不掩书香，负责给山水楼台命名的，肯定还是李斗、焦循这样的秀才。这两处名字最令人寻味：西湖一瘦，便有了尺水玲珑的味道；秦淮一小，也有了小家碧玉的感觉。如此一来，山水就成了佳丽一族，而扬州城也就格外地诗化了。

如是，话题就回到"烟花三月下扬州"上头，知道扬州的地理与历史，就知道什么季节到扬州最好。因为没有红枫，更没有与红枫相配的壮阔逶迤的峰峦沟壑。秋老时分到扬州的意义就不大。杜牧说"秋尽江南草未凋"，未凋并不等于葳蕤，失了草木欣欣的气象。莺飞燕语的三月却不一样：那杨柳岸畔的水国人家，那碧波深处的江花江草；园林台榭、寺观舫舟，一色儿都罩在迷离的烟雨之中。此时的扬州，那些硬硬的房屋轮廓都被朦胧的雨雾软化了下来，曲折的小巷浮漾着兰草花的幽香。湖上的画舫，禅院的钟声，每一个细节上，都把江南的文章做到了极致。

"南朝四百八十寺，多少楼台烟雨中"，这样的句子把我们东方人的审美意趣，写得如同梦境。在三月的扬州，我们是可以寻到这种梦境的。

为了这梦境，我曾动了烟花三月下扬州的念头。去年，我打听何处可以雇一条船，邀二三好友于黄鹤楼下出发，一路吟诗作画，听琴吹箫到扬州去。结果人家告诉我，现在从武汉到扬州，根本无水路可通。后来打听到，从杭州或苏州出发，可从运河到达扬州。我又来了兴趣，让朋友去觅一只画舫。事情也未做成，其因是这一段运河虽然畅通，但除了运送货物的商船，渡客的帆舟早就绝了踪迹。

由此我想到，坐一条船于烟雨蒙蒙的江上，去拜访唐代的扬州，已是完全不可能了。扬州的繁华还在，但唐代的风流不再。若有意去欣赏今日生机勃勃的扬州，只能自驾车从高速路上去了。

熊召政，1953年12月生，著名作家、诗人，曾任湖北省作协副主席、文联主席等职。茅盾文学奖获得者。

扬州瘦西湖记胜

傅华

你要作扬州之行，我这"扬州人"真想陪陪你，这节骨眼儿踩着落叶，悠悠溜达在小城古道上，若再逢上细雨蒙蒙，松软软、甜丝丝的，准能勾魂儿。在《尚书》里有过"淮海惟扬州"的说法，一翻《扬州画舫录》，"扬州以园亭胜"，花草楼台、衣香人影也历历在目。扬州确实是水灵灵的，有股女孩子的妩媚劲儿，但我以为全赖瘦西湖水一川秀色。瘦西湖在城西北，依水建园，格局别致，最能代表扬州的性格和风貌。

"扬州宜杨"。依水柳絮，参差披拂，姗姗可爱，这要算瘦西湖最为诱人了。苏州拙政园的太浓密，南京莫愁湖的又多旁枝杂叶，都不如瘦西湖的匀称柔和。这一景叫"长堤春柳"，你一进南门便可漫步品味了，满路绿荫荫，凉渗渗，竟让平直的小道变得深邃、窈窕，人也轻妙、灵动起来。倒影更有味，站在南门东首的虹桥上纵目，水随风动，柳因水漾，再融入几抹白云，簇簇人影，画面生动极了，即便是初冬绿褪，余韵也还挺足，难怪乎明清诗人多爱在这儿吟诗结社，三千卷诗稿藏在扬州博物馆哩！

行到柳尽处，便是"徐园"。叠石奇突，树木扶疏，一潭荷叶，正贴着水面"打盹"儿呢！正厅"听鹂馆"前摆着两只铁镬，是萧梁时代留下的镇水遗物，两株树桩盆景掩映其上。园内四周植满各

种花卉，变换着开花，总能出新意；春天梅花、桃花，夏天牡丹、芍药，秋天芙蓉、菊花、桂花之类。你若赶得巧，说不定一年一度的菊展还没撤，各种菊花争着冒尖，遍地鹅黄乳白，有些"十里栽花算种田"的意境。不过这儿原先叫"桃花坞"，顶有趣的还是三春桃花，撒欢似的缀满枝头。"小金山"四面环水，在徐园背后，隔一座红木桥，取镇江金山神势，总共才二三十米高。然而，你若直立山头，俯仰天地，八面来风。居然也有山势峥嵘、胸次浩然之感，最能窥见造园家"即小观大"的妙意。山西侧有一条柳荫长道伸向湖心，末端置亭阁，叫"钓鱼台"。据传是乾隆下扬州时把钓取乐的地方，"钓鱼台"四侧各开一圆形门，东额金山，南接法海寺白塔，西衔五亭桥，北收鲜花圃，美景四会，闲坐亭中，有"万物皆备于我"之感。

瘦西湖游船挺吸引人。《梦香词》中有"扬州好，第一是虹桥。

杨柳绿齐三尺雨，樱桃红破一声箫。处处系兰桡"的句子。"龙船节"最热闹。龙船十多丈长，分龙头、龙腹、龙尾，篙师掌头，舵手摆尾。尾长一丈多，有唱戏的凑趣，传统节目有"独占鳌头"、"红孩儿拜观音"、"杨妃春睡"等，一船都卖力行腔，元气淋漓，装着乳鸭的小划子往来于画舫间，昔日游人花几文钱买下扔在湖里，龙船上的水手便分头、腹、尾三组摇桨拾鸭，叫作抢标，一时桨声骤作，水花飞溅，"龙"便扬头甩尾，活泼泼像要腾立起来……甚是好看！现在画舫还是有的，五颜六色的打扮，静静地驶在湖面上，渲染出几分古典情致，只是再不用"风趣天成"的村船点篙调笑，船也不分官客、堂客了。你雇一只鸳鸯船就行，玲珑小巧，比玄武湖或北海的轻捷得多，花柳簇拥，湖水青悠悠的带几许神秘，小舟绕山穿桥，总有幽深的意趣，如秦少游小词一般，湖水沿小金山左拐，豁然开朗，开阔的湖面荡满各式各样的小船，少男少女们的歌笑确实动听。

这时你可以停桨，让船随意摆动，微闭双目，体味一下"人在画中游"了。前面是"五亭桥"，五个飞檐画栋的亭子粘在一块儿，似五朵出水的莲花，标致极了，十五个桥洞，任你划着船逛水上迷宫似的钻来钻去。要是月半晚上，洞洞满月，就更能见出徐凝"天下三分明月夜，二分无赖是扬州"的诗意了。

五亭桥东侧便是凫庄，在湖中心，曲桥歪歪扭扭地连着岸，假山、花草依着水，灵气扑人。如果划船上岸转悠转悠，在这里正厅有卖淮扬风味的点心或饮料之类，挨着东边的疏窗坐下，一边回头来重看远镜头的湖光山色，一边慢慢品来……风味自是极佳。

傅华，笔名南风，生于1964年，江苏如东人。1985年毕业于扬州师范学院中文系。

瘦西湖揽胜

朱福烓

　　"烟花三月下扬州"。正是春暖花开的时节，我来到了瘦西湖上。

　　全国以"西湖"命名的风景区不少，为什么扬州的西湖独要冠以"瘦"字呢？当穿过"冶春园"临湖的花径，沿着委婉曲折的湖岸逶迤而行，我渐渐领略到其中的妙趣了。"瘦"者"秀"也。一个"瘦"字，不恰好道出了扬州西湖的特色吗？我想起了朱自清先生在《扬州的夏日》中的一段话："有七八里河道，还有许多权权丫丫的支流。这条河其实也没有顶大的好处，只是曲折而有些幽静，和别处不同。"朱先生长于扬州，他对家乡景物的赞扬是含蓄的。其实，这个"和别处不同"，正是瘦西湖"顶大的好处"了。

　　这样随便想着，不经意间已踏上了"虹桥"。"虹桥"旧称"红桥"。清初诗人王士禛有诗云："红桥飞跨水当中，一字栏杆九曲红。日午画船桥下过，衣香人影太匆匆。"就是写的这儿。当初原是一座木板桥，两沿有红色栏杆，故称"红桥"，清乾隆时改建为拱形石桥，如长虹横跨湖上，才改称"虹桥"。如今，又经过拓宽垫平，形式更是不同。这儿正是湖身较为开阔的一段，最宜看水。我站在桥顶，纵目向北望去，惟见波平如镜，水天交碧，仰观俯视，竟不知云行湖底，还是树映天上。若不是风乍起，吹皱一泓春水，暂时模糊了汀屿树木的倒影，哪里还分得出水色天容！我发觉人们来到这里，都喜欢驻足流连一番，这实在不是无因的。如果对风光胜境也有所谓"一见钟情"，那么一到虹桥，人们便已倾倒于瘦西湖之美了。

为这种景色所倾倒，我改变了步行的主意，决定从桥西登舟，作一次镜上行。小舟拔桨而北，沿着湖西一带叫做"长堤春柳"的湖岸缓缓前移。自隋唐以来，扬州就以柳色著名，以至有"绿杨城郭"之称。我曾醉心过"红楼日日柳年年""扬子江头杨柳春"等歌咏扬州柳色的名句，然而诗句引起的遐想怎及眼前所见的来得真切！修长的堤岸，三步一柳，亭亭如盖，"碧玉妆成一树高，万条垂下绿丝绦"，依稀仿佛似之。那丝丝低垂的柳线，或轻拂水面，或抚弄芳草，一派温情脉脉。湖上风来，柳条婀娜起舞，如青烟，如绿雾，舒卷飘忽，妩媚极了。舟行柳下，无处不感受到殷勤而来的柔情蜜意，那依依之态，真是"堤远意相随"啊！

透过柳丛向西处放眼，绵延起伏的高丘上的郁郁葱葱，衬托着随堤伸展的花圃中的嫣红姹紫，更有那唧啾莺飞，呢喃燕舞，往来其间，一股生气勃勃的气息，竟要把无限春意直透入人们的胸底去了。

我情不自禁地赞叹着这长堤春色时，小舟不觉已驶近长堤的尽头。只见一圈满月形的洞门迎堤而立。这儿是乾隆时的名园"桃花坞"的故址。遥想当年这里满目桃林，浓春花放，散彩喷雾，一定是很好看的；走完了绿色柳堤，突然进入这片"中无杂树"的桃坞之中，岂不似武陵渔人忽逢桃花源吗？我暂时舍船登岸，向月洞门走去。如今虽没有桃花坞，却有着一座小巧而精致的园林。迎面一方莲叶田田的荷池，东侧与湖水通，上架石梁，并点缀着参差的山石；西侧用卵石铺径，贴墙翠竹森森，摇曳生姿。两侧都环抱至正厅"听鹂馆"前。此处有两只直径六七尺，厚约三寸、高与人肩齐的大铁镬，据传为六朝萧梁时的遗物，已有一千几百年的历史。里面也植有荷花，夏日花开时，铁镬红莲，当别有风味。"听鹂馆"之西的"春草池塘吟榭"，散放着多种花木山石盆景，情趣各殊，姿态不一，甚是逗人。出"春草池塘吟榭"，由北廊折而向西有"疏峰馆"，馆前怪石突兀，如禽栖兽踞，又有青峰并峙，如春笋拔地，装点得颇有情致。更为惹人的，是附近的芍药圃了，正是花开时节，那繁多的品类，那缤纷的色彩，那浓艳丰腴花儿朵儿，令人目眩神迷，久久移动不了脚步。"扬州芍药天下冠"，"广陵芍药真奇美"，到这里一看，方知至今仍不负古人的推誉。不见桃花坞，却逢芍药圃，这在我是意外的收获。我思：假如史湘云活到今天，看到这绚烂的芍药圃，也许要再来一次"醉眠芍药茵"吧！

离开了芍药圃，跨过北面束在湖身的红栏桥，我踏上了"小金山"。"小金山"原名"长春岭"，初建于乾隆二十二年（1757），那时，为了让南巡的清统治者能乘舟直达平山堂，特地开了一条莲花埂新河（即今由五亭桥到平山堂的一段河道），开河挖出的泥土，便堆成了这座岛屿。

"小金山"四周环水，出于瘦西湖的中心地带。用朱自清先生的话来说："望水最好，看月也不错。"这里的建筑也真别具匠心。"湖上草堂"面对汪洋一片，意境阔大；"绿筱沧涟"南望"桃花坞"故

址，花光荡漾；"琴室"当清溪一曲，绿涌窗牖；都是望水的极佳处。岛东濒湖有厅轩敞，厅前有长廊，廊前饰以雕栏，名曰"月观"。这里确是最好的待月和看月之所。无论是斜月如钩还是三五之夕，凭栏东眺，见水月交辉，清光浴人，会使人有身心俱净之感吧！如果是中秋之夜，满月朗照，大气澄澈，"月观"后的"小桂花厅"里飘来阵阵沁人心脾的月桂的幽香，那境界，不是如入广寒宫一般么？我来的不是看月的时候，但依然是美不胜收。对岸疏林修竹中，掩映着座座农舍，那简直是唐人田园诗里的描绘和宋元画幅里的笔墨，想不到古人的诗情画意和今天的农村生活竟能如此和谐地融合在一起。极目更东处，"四桥烟雨楼"高耸林表。这座楼原建于清代中叶，是大清盐商的私人园林。因为从那里看去，南边的虹桥，北边的长春桥，西边的春波桥和更西的五亭桥都历历在目，特别是雨天，四座桥笼罩在雨丝烟雾之中，景色空蒙，分外有趣，故而才有了这个十分概括的名称。乾隆皇帝曾去游过，还另赐名为"趣园"，原楼早就不存在了，现在的这座桥是解放后在旧址上重建的，倒也是整旧如旧，古气盎然，远远望去，如在虚无缥缈之中。

"月观"偏南有高岭，岭前植梅树多株，额曰"梅岭春深"。盘旋曲折而上，有亭翼然，称"风亭"。登亭四顾，平林葱葱，春水迢迢，瘦西湖尽收眼底。

"小金山"最西头，有短堤伸入湖中，上建有方亭，叫"吹台"，

俗称"钓鱼台"。这座方亭临湖，南、西、北三面皆有洞门，各嵌一景。北洞可见北岸高丘上的"方厅"和"大桂花厅"，西洞直对"五亭桥"，南洞屹立"白塔"，最妙的是，站在一定的角度可以同时看到："五亭桥"横卧波光，洞门呈正圆形，"白塔"高耸蓝天，洞门呈长圆形，形成极优美的图案。我国古典园林建筑中有所谓"借景"的手法，这里是用得恰到好处了。

我再次登舟，绕经"凫庄"向"五亭桥"驶去。

　　"五亭桥"建于乾隆二十二年开莲花埂新河时，系拱形石桥。在十多丈长、二三丈宽的桥身上，矗立着五座亭子，中间一亭最高，南北各二亭互相对称，拱出主亭。亭顶黄瓦青脊，金碧辉煌；飞檐下画栋雕梁，彩绘典丽；周围石栏的柱端皆作狮形，雕凿精巧。桥下纵横有十五个券洞，其中一洞最大，其他参差相似，都可以通船。这座桥的造型和结构，在工程技术上是比较复杂的，在全国保存下来的多种多样的古桥中，"五亭桥"具有与众不同的独特风格。

　　在桥北下了舟，越桥南行，我们去访"莲性寺"里的"白塔"。"莲性寺"原名"法海寺"，始建于隋，重建于元代，康熙南巡时改"赐"今名。寺门南面有"藕香桥"，桥下遍植荷花，夏季花开，清香四溢。

　　关于这座"白塔"，有这么一个传说：有一次乾隆南巡时来到扬州，去"大虹桥"（即今瘦西湖）游览，指着一处景色对他的随从们说："这里多像北京北海的琼岛春阴呀，可惜就是少个白塔！"当时有个姓江的大盐商做盐商纲总，听到这个消息后，为了讨好皇帝，化了巨资"鸠工庀材，一夜而成"。

"一夜而成"不免夸张，短期完工大概是不假的，可见当时工匠们的建筑水平之高。

在塔下徘徊良久，步出"莲性寺"已是暮霭冉冉。好景宜人，不知疲倦；秀色可餐，不感饥渴。游兴未尽，我踏过"藕香桥"，又向静僻处去寻幽探胜……

朱福烓，生于1937年11月，江苏扬州人。为中国书协会员、中国作协江苏分会会员、江苏省书协理事，扬州学派研究会副会长。有《扬州史述》等著作。

蜀冈瘦西湖风景名胜区

国家重点风景名胜区。位于扬州市西北部。由古城遗址、蜀冈名胜、瘦西湖自然风光和古典园林群等组成。面积6.35平方公里。古城遗址位于风景区西北部，为春秋吴王夫差所筑邗城、西汉吴王濞筑的广陵城、十里长街的唐城、后周筑的周小城和宋宝祐城等遗址。唐城有子城、罗城，面积达20多平方公里，子城城垣高达10米。宋大城西门遗址发掘出长20米、高2米多的城墙墙体，有甲闰、甲盈、甲日等字样的铭文砖。蜀冈中峰有始建于南朝宋大明年间（457—464）的大明寺、宋欧阳修营建的平山堂、苏轼建造的谷林堂、1973年建的鉴真纪念馆等古典园林建筑。瘦西湖南起虹桥，北抵蜀冈，为一狭长湖泊，长约8公里，原名炮山河，一名保障河，六朝以来即为风景胜地。前乾隆时，因绕长春岭（小金山）而北，又称长春湖，钱塘诗人汪沆以为可与杭州西湖媲美而形体较瘦，因称之为瘦西湖，所作《咏保障河》云："垂杨不断接残芜，雁齿红桥俨画图。也是销金一锅子（杭州西湖有'销金锅'之称），故应唤作瘦西湖。"遂定称瘦西湖。清乾隆六次南下游幸均来此。扬州盐商大贾出巨资浚湖造园，沿湖布满亭榭楼台，景点达100多处，清人王振世《扬州览胜录》述其盛："两堤花柳全依水，一路楼台直到山。"后历经沧桑，重加修建，利用桥、岛、堤、岸的分隔，使狭长的湖面形成层次分明、曲折多变的山水园林景观。主要景点有大虹桥、徐园、小金山、钓鱼台、五亭桥、莲性寺白塔、二十四桥等。唐李白、刘禹锡、杜牧，宋欧阳修、苏轼、秦观，明文徵明，清王士祯、郑燮等历代文坛名家，均曾游此并有诗咏。

【大虹桥】位于大虹桥路中段，东西跨瘦西湖。初建于明崇祯年间，大桥围以红栏，故名红桥。清乾隆元年（1736）改建成石桥，桥上置停，如同卧虹桥于波。又因小秦淮上有"小虹桥"，遂称"大虹桥"。近年扩建为三洞石拱桥。昔"虹桥为北郊二十四景第一丽观"。清时孔尚任、梅文鼎、王士祯诸名士皆曾于此饮酒赏花，作诗填词。王士祯诗云："红桥飞跨水当中，一字栏杆九曲红。日午画船桥下过，衣香人影太匆匆。"乾隆年间，两淮盐运使卢见曾修禊虹桥，作七律诗四首，相传各地依韵和者7000人，编成300余卷，为当时文坛盛事。

【小金山】位于瘦西湖公园内。原名长春岭，为瘦西湖第二大岛，有肖红桥、玉版桥通南北岸。岭为湖中淤泥堆筑而成，遍植梅花，景称"梅岭春深"。岭下原建关帝庙，后改为湖心律寺，额题"小金山"，有"仙寰"之称。琴、棋、书室依山而列。月观东临湖水，为赏月佳处，观内有郑板桥题联："月来满地水，云起一天山"。山上有风亭，"风亭"二字为阮元所书。由风亭而下，经观音阁、玉佛洞至西山麓，有湖上草堂、绿荫馆诸景，绿荫馆内悬"绿筱沦涟"匾，此处"二分竹、三分水、至佳境也"。馆前置青石水盆，铭曰"小蓬壶"。馆西短堤尽出为吹台，传乾隆帝曾在此钓鱼，俗称钓鱼台。

【五亭桥】位于瘦西湖内，建于清乾隆二十二年（1757），南北横跨瘦西湖中心水面，全长55.3米，平面呈莲花形，故又称莲花桥。

桥亭五座，由28个红柱支撑，中间为重檐，余为单檐对称分布，攒尖顶，覆以黄色琉璃瓦，亭角飞翘，系以金铃，风作铃响，不绝于耳。桥亭曾毁于咸丰兵火，1933年夏重建。桥墩用大块青石砌成，有15个桥孔，中心桥孔跨度为7.13米，两个桥阶洞作扇形，余12个桥孔相互套连，分藏在四个桥墩下。相传农历八月十五满月时，每个桥洞各衔一明月。此桥体量大，富丽堂皇，为我国桥梁建筑史上杰作之一。桥东有凫庄岛景。

【莲性寺】位于瘦西湖公园内。坐落于瘦西湖第一大岛上。有藕香桥、五亭桥及小拱桥通南、北、西岸。本名法海寺，始建于隋，重建于元至元年间。康熙帝赐名"莲性寺"。毁于咸丰兵火，光绪间重建。现存弥勒殿、大雄宝殿、藏经阁、云山阁、白塔等建筑。白塔作喇嘛塔式，高30多米，筑于清乾隆年间，传有一夜造塔的故事。塔基为一方形高台，四周围以栏板、望柱，塔座为折角式须弥座，须弥座于塔身作金刚圈，塔身作瓶状，内供白衣大士像。塔顶伞盖为六角形，每角悬一风铃，风起铃响，悦耳动听。

【二十四桥】位于瘦西湖公园内。桥名取自唐人杜牧诗句"二十四桥明月夜，玉人何处教吹箫"。《扬州慢》有"二十四桥仍在，波心荡，冷月无声"之咏。景点建在原湖上台榭"春台祝寿"旧址上，系按《扬州画舫录》、乾隆《南巡盛典图》（故宫博物院藏）所载设计建造，占地近百亩，有望春楼、小李将军画本、二十四史吹箫亭、熙春台、十字阁、双层廊、九曲桥、玲珑花界诸胜景。二十四桥俗称念四桥，也叫吴家砖桥、红药桥，原在瘦西湖西岸，传说隋炀帝曾偕24名宫女月夜在此吹箫。现为汉白玉石拱桥，呈单孔玉带状，全长24米，宽2.4米，上下踏步24级，桥两侧各有24根玉雕栏杆，有24块云纹栏板，半圆桥孔与水中倒影合成一轮满月。由于采用错位隐藏法，桥身若漂浮于湖面，呈现空幻神秘意境。桥东接曲桥与东岸连。曲桥侧建有吹箫亭，桥西过落帆栈道达西岸。熙春台坐西面东，与五亭桥遥相呼应。主楼两层、面阔五楹，碧瓦朱甍，气势恢宏。其底层巨幅《玉女月夜吹箫图》壁画，采用扬州漆器工艺；楼上迎面一排铜编钟，寓意楚文化源远流长；后墙用大竹筒拼成月形图案，竹简书刻历代咏扬州诗句；顶层挂365只竹编灯笼。台左前方立有毛泽东书杜牧诗碑；碑前方即为"横可跃马，纵可方轨"，伸向湖面的大型露台。"玲珑花界"水榭专为乾隆帝观赏芍药处，有观芍亭、芍药园、牡丹花圃，为扬州最大的芍药、牡丹观赏区。

后记

　　扬州瘦西湖，蜚声中外。凡到扬州旅游，几乎没有不去瘦西湖的。久而久之，便有"不游瘦西湖，不算到扬州"的说法。这既反映了中外游客对瘦西湖的爱慕和向往，也表明了扬州因有瘦西湖而更加典雅和迷人。

　　瘦西湖，目前是江苏省唯一一家同时拥有国家重点风景名胜区、国家5A级旅游景区、国家文化旅游示范区、列入"世界文化遗产名录"、国家重点公园、全国文明风景旅游区等六个国家级以上称号于一身的景区。千百年来，多少文人雅士或泛舟湖上，或凭栏远眺，或赏桃问菊，留下了数不胜数的诗文歌赋。这些名篇佳作，生动而全面地诠释了瘦西湖的绿、文、水、秀。掩卷沉思，瘦西湖的苍松翠柏、亭台楼阁、小桥流水、楹联匾额，仿佛浮现在眼前，如一幅清新淡雅的国画长卷。你不由得感慨万千：瘦西湖，真是太美了！

　　为了方便广大游客了解瘦西湖的前世今生，更好地体味如诗如画的瘦西湖，我们选编了这本《名人笔下的瘦西湖》，收录现有代表性的美文十七篇。由于篇幅的限制，也囿于我们的水平，本书所选的作品未必尽妥，挂一漏万也在所难免。敬请广大读者不吝赐教。

　　本书的出版，得到了扬州蜀冈——瘦西湖风景名胜区管委会、南方出版社、恒通集团、扬州国书文化传播有限公司等单位的大力支持，扬州报业传媒集团高级记者、摄影家程建平先生为图书的摄影和征集付出了辛勤的劳动，陆海霞、郭芸等同志也为入选作品的初选、编排、校改等做了大量工作，在此一并表示衷心的感谢。

编者

2018年3月